我雖然有點膽小害羞，
但是我也很注意各種細節，
凡是蒐集到的情報，我都會
交給我心目中最厲害的
阿萬女王！

胡翔志（胡子）

雖然凱欣說，女生
瘦一點比較好看，不過
，我覺得我白白胖胖
的也很可愛啊！

游媄曼（小曼）

顏凱欣

我和小曼是形影
不離的好朋友，連
上廁所都要一起去，
沒想到有次竟然因此
被誤認是嫌疑犯！
真氣人！

我是廁所幫的女王，
在遇到奇怪的事情時，
我一定要查個水落石出。
對我來說，證據最重要。

萬千宵（阿萬）

「廁所幫」這個名稱
是我想的，又是我發起第
一次的調查行動，所以
幫主的大位當然非我
莫屬啦！

郭仁祥（鳳梨頭）

我頭很大，大家都叫
我大頭傑，在廁所幫的
成員裡，我最喜歡阿萬了，
阿萬聰明可愛又有正義感，
簡直就是我心目中的
理想情……

王益傑（大頭傑）

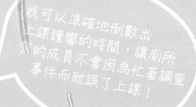

我可以準確地倒數出
上課鐘響的時間，讓廁所
幫的成員不會因為忙著調查
事件而耽誤了上課！

曾林偉

廁所幫風雲榜

執行長／沙永玲　　總編輯／陳雨嵐　　文字責編／周宣吟
美術責編／李縈淇　　內文繪圖／姬淑賢

為什麼孩子要讀兒童推理小說?

小魯行動俱樂部裡,是專為孩子設計的閱讀遊樂場,有各式各樣的兒童推理小說,閱讀兒童推理小說會對孩子有什麼樣的影響呢?

引起孩子閱讀的興趣

懸疑又充滿行動力的推理小說總是令孩子深深著迷,甚至比漫畫及電視更有魅力,是引領孩子進入文學世界最好的入門書。

提升孩子的閱讀能力

為了趕快找到答案,解開謎團,孩子會不自覺地越讀越快,甚至會跳讀、略讀,如此一來,能鍛鍊出孩子默讀及速讀的能力。

培養孩子的邏輯思考力

推理小說的結構嚴謹,有助於發展孩子的邏輯思考能力,能讓孩子學習觀察事物並記住關鍵性的重點,是增進整合能力的最佳讀本。

促進孩子的自信心及行動力

推理小說充滿了挑戰性與行動力,能夠帶領孩子進入一場「手腦並用」的遊戲。讀越多推理小說的孩子,掌握遊戲的能力就越強。如果在故事結束前,孩子就能自行破解謎團,將會對自己的聰明更有信心。

如果你希望能讓孩子擁有這些能力,請鼓勵他加入「小魯行動俱樂部」,讓孩子能從推理小說中找到「行動」的勇氣!

小魯行動俱樂部同意書

小魯行動宣言：

　　從行動中，讓孩子印證平時所學來的知識。

　　從行動中，讓孩子發現自己的潛能。

　　從行動中，顯現每個孩子的獨特之處！

是的，我希望我的孩子加入「小魯行動俱樂部」！

　　　　同意人：　　　　　　　　（簽名處）

　　　　孩子姓名：

　　　　日　期：　　　年　　　月　　　日

行動，讓你更有能力

　　當你在生活中遇到奇怪的、無法理解的情況時，你會怎麼做呢？「小魯行動俱樂部」認為「坐而言，不如起而行」！除了詢問大人，自己也可以努力尋找蛛絲馬跡、詢問可能知道事情發生經過的人、試著還原「案發現場」，不找到答案絕不停止。

　　行動，能夠讓你學會觀察、回憶、推理及記錄；也學到從不同的角度看待事情，而當謎團解開時，不只能夠解決了自己心中的疑惑，同時也會學到許多解決問題的方法。

推理

觀察

記錄

「小魯行動俱樂部」入會申請表

如果你希望能成為

🔍 有勇氣、能夠濟弱扶傾的正義大俠

🔍 活力十足、喜歡冒險的探險家

🔍 不怕困難、樂於挑戰自我的行動達人

🔍 喜歡追根究柢、對任何事都會「打破
　　砂鍋問到底」的聰明小博士

歡迎你加入「小魯行動俱樂部」！

這裡將會讓你擁有

頂級思考力＋冷靜觀察力＋行動爆發力！

姓名：＿＿＿＿＿＿＿＿＿＿（簽名處）

年齡：＿＿＿＿　性別：＿＿＿＿

就讀學校：＿＿＿＿＿＿＿＿＿

班級：＿＿＿＿＿＿＿＿＿

最崇拜的人：＿＿＿＿＿＿＿

土魠魚羹的滋味

林佑儒

　　時間過得好快，一年過去了，又到了廁所幫少年偵探系列故事交稿的時候。很開心能順利地完成廁所幫少年偵探系列第八集，這是忙得不可開交的一年，家裡多了一個小寶寶，常讓我手忙腳亂，寫作的時間也因此緊縮不少。不過，寫故事的熱情與點子的發想，卻一直沒有從腦袋裡消失，廁所幫第八集的故事終於還是順利完成了！

　　在第八集的廁所幫少年偵探中，第一個故事是發生在校園中常見的竊案，但是不尋常的是，竊案是連環式的，一個接著一個，而且偷東西的人好像無所不偷，讓廁所幫的小偵探們費了很多功夫調查真相，還好最後終於順利找出偷東西的人，讓真相大白。

　　第二個故事則是以土魠魚羹作為事件的名稱，仔細閱讀廁所幫少年偵探系列的小讀者有沒有發現，在這系列的故事中，有些食物的名稱其實暗示著廁所幫少年偵探的主角們，就住在府城臺南，例如在第三集《地下室鬧鬼》中出現的鍋燒意麵，或是這一集裡的土魠魚羹。在這個故事中出現了一個自稱「土魠魚羹的魔咒」的神祕人物，這個神祕人物並沒有做壞事，反而在暗地裡幫助廁所幫的成員們，大家都很好奇「土魠魚羹的魔咒」到底是誰？為什麼做了好事，卻要隱瞞自己的身分呢？就讓廁所幫少年偵探裡的成員為小讀者們一探究竟。

或許有些小朋友對於土魠魚羹感到陌生，土魠魚羹是臺南道地的小吃，土魠魚塊以加上香料的麵糊裹覆，下油鍋酥炸，再加入含有大白菜、扁魚的清澈甜美羹湯裡，可以配麵或米粉一起吃，滋味很棒，是我十分喜愛的臺南小吃之一。在寫這一集故事時，三不五時總會去嚐嚐土魠魚羹米粉麵，故事寫完的時候，還特別去吃了一碗來慶祝完稿，那一碗土魠魚羹米粉麵的滋味特別美好。

　　好友的女兒，是廁所幫少年偵探的小書迷，曾經因為讀了廁所幫少年偵探，看到書中出現雞腿飯，在夜深人靜的時候居然想吃雞腿，讓媽媽傷透腦筋。如果有小讀者因為讀了這一集故事，而想吃土魠魚羹，歡迎有機會來臺南府城遊玩時，品嚐一下好吃的土魠魚羹，順便回味一下這一集的精采故事。

　　親愛的小讀者們，我們在下一集廁所幫少年偵探故事中再會囉！

佑儒老師的部落格在這裡喲：
http://mypaper.pchome.com.tw/news/celestelin/

目錄

1.莫名其妙的連環偷竊事件

胡子的問題

「鳳梨頭，我可以問你一個問題嗎？」胡翔志走到鄭仁祥旁邊，輕輕地拉一拉鄭仁祥的衣角，壓低聲音，滿臉不安地說。

鄭仁祥一邊大口咀嚼食物，一邊說：「胡子，你只要等個三分鐘，讓我先享用這個白胖胖、香噴噴的饅頭燒肉夾蛋，要問一百個問題都行！」

胡翔志看了看周圍，確定沒有其他人在旁邊，把聲音壓得更低說：「鳳梨頭，那你可以先答應我一件事嗎？」

「嗯！」鄭仁祥滿口都是食物，只能猛點頭。

胡翔志像隻驚恐的小花鹿，再度抬頭確認四周，吞了吞口水才說：「等一下聽完我的問題，千萬不要告訴別人。」

「嗯！」鄭仁祥把最後一口饅頭塞進嘴裡，兩頰鼓起，像極了卡通裡的花果鼠，他用力點點頭，然後一口氣喝完了桌上的冰豆漿，滿意地拍拍肚皮說：「

終於吃飽了！胡子，有什麼問題？說吧！」

「如果，如果，我是說，如果……你的朋友是小偷，你該怎麼辦？」

「當然是勸他金盆洗手，回頭是岸囉！」鄭仁祥想也不想，立即回答。

「可是，可是，如果……那個人是，是……」胡翔志覺得自己的舌頭像是被打了好幾個結，讓他很難順暢地說話。

「是什麼？胡子，你說重點啦！怕別人聽到嗎？那我們去廁所講！」鄭仁祥拉著胡翔志的手，準備往教室外走。

「什麼事非得去廁所講？我也想知道！」萬千育突然出現在鄭仁祥與胡翔志兩人面前。

「不行！不行！」胡翔志一看到萬千育，滿臉通紅，不斷地搖頭。

「阿萬，你不要強人所難嘛！你明知道胡子膽子小，又容易害羞，他不敢和你擠在同一間廁所裡講祕密啦！」

萬千育瞪了鄭仁祥一眼說：「誰要跟你們一起擠在廁所裡？我只想知道胡子的問題！」

「我們也想知道！」游媄曼和孫凱欣手拉著手，也跟了過來。

胡翔志眼看著人越來越多，臉脹得更紅了，急得猛搖頭，直說：「不行！不行！」

孫凱欣將聲音壓低，輕拍胡翔志的肩膀說：「胡子，你別急，也別擔心。我們都會保密的！」

「對呀！告訴我們，比告訴鳳梨頭可靠！走，我們帶你去一個安靜的地方，保證沒有閒雜人等會來偷聽你的問題！」游媄曼接著說。

「豈有此理！胡子明明就是先來找我的，你們這幾個女生硬要湊熱鬧！男人的心事當然說給男人聽，胡子，你說對不對？」鄭仁祥不高興地說，把胡子的手握得更緊，生怕一不留神，三個女生就把胡翔志搶走了。

「我也是男人，我可以聽嗎？胡子？」王益傑看到大家熱鬧地圍著胡翔志，也湊過來問。

胡翔志抿起嘴脣，不敢再多說一句話。因為他覺得鼻子酸酸的，眼眶熱熱的，眼淚就快要掉下來了。眼前的情勢已經超出他所能控制的範圍了，除了保持沉默，他什麼事都不能做。

孫凱欣察覺了胡翔志不安的情緒，立刻說：「胡子，別哭！我們都是你的朋友，有困難就直接說，大家都會幫助你的，對不對？」

「對呀！對呀！胡子，連女生都那麼關心你，你應該要覺得開心！」王益傑拍拍胡翔志的肩膀說。

「胡子，別忘了大家都是廁所幫少年偵探隊的成員，我們曾一起解決過很多問題呀！說吧，你說你的朋友是小偷，到底是誰呢？」儘管胡翔志的手心都是汗水，鄭仁祥依然緊緊地拉著他的手。

「我，我不知道該不該講……」胡翔志露出猶豫的眼神，眾人的安慰讓他覺得很感動，但是胡翔志覺得舌頭依然在打結的狀態。

「讓我猜猜看，你的朋友指的是不是廁所幫的成員？」萬千育說出這句話，如同丟出一個大炸彈，讓

胡翔志的表情既驚恐又害怕。

「喔，有道理！難怪胡子說不出口。阿萬，你真的好厲害喔！」王益傑露出佩服的表情。

「那就讓我們來猜猜看，胡子說的是誰？胡子，你只要負責點頭或搖頭就行了！」游娸曼看著胡翔志說。

「一定不是我！因為胡子找我講心事，對吧？」鄭仁祥的手搭著胡翔志的肩膀上，看著身邊的胡翔志用力點點頭，他臉上藏不住的一抹得意微笑，從嘴角間溜出來。

「胡子，應該也不是我們三個女生吧？」孫凱欣臉上露出擔心的表情問，看到胡翔志連連搖頭，孫凱欣才鬆了一口氣。

所有人的目光都落在王益傑臉上，他有點不自在地說：「別這樣看我，還有兩個不在場的成員呀！胡子，不然這樣吧！我是一號，謝昔衛是二號，曾林偉是三號，若小偷是一號，你就點一下頭，若是二號，就點兩下頭，若是三號，就點三下頭，懂嗎？」

胡翔志慎重地點點頭，鄭仁祥拍拍胡翔志的肩膀說：「胡子，準備好了嗎？當我說開始，你就開始，好嗎？」

當鄭仁祥喊：「開始！」全部的人都專注地盯著胡翔志看，胡翔志輕輕地點了一下頭，所有人的目光立刻轉移到王益傑身上。

「不會吧？有沒有弄錯？我是小偷？」王益傑氣急敗壞地說。

「大頭傑，別急！胡子，還有嗎？」萬千育看著胡翔志說，胡翔志果然又點了一下頭，所有的人又發出驚嘆聲。

「胡子，我的心臟被你嚇得差點跳出來！我再確認一次，二號嗎？」王益傑急忙問，胡翔志搖搖頭，然後又點了一次頭。

「所以，是三號曾林偉嗎？」游媄曼問，胡翔志點頭。

「你確定是三號？」王益傑問，胡翔志帶著認真嚴肅的表情，沉重地點了點頭。

曾林偉是小偷？

「曾林偉是小偷？怎麼可能？」孫凱欣用雙手掩住因為過於驚訝而張大的嘴巴。

「胡子，你應該知道廁所幫少年偵探隊的首要法則吧？」鄭仁祥滿臉嚴肅地說。

胡翔志點點頭，清了清喉嚨說：「我知道，沒證據不能亂說話。」

「所以，胡子應該有十分確切的證據囉？你說說看！」游媄曼說完，萬千育也點點頭。

「昨天放學之前，我在曾林偉的鉛筆盒裡面，看見我的自動鉛筆，那枝自動鉛筆是爸爸送給我的生日禮物，我很喜歡。我，我不知道該怎麼辦，只好找鳳梨頭商量。」胡翔志一口氣說出來，突然覺得自己的呼吸順暢了許多，舌頭也變得輕鬆許多。

「你怎麼能確定自動鉛筆是你的呢？說不定他也買了和你一樣的筆呀！」游媄曼問。

「因為我在自動鉛筆上貼了姓名貼，所以我可以

確定。」胡翔志說。

「其實，要解決這個問題很簡單，直接問曾林偉就行啦！」鄭仁祥一臉輕鬆地說，胡翔志聽了卻臉色大變，連忙搖搖頭說：「不行！不行啦！」

「胡子別緊張，應該是誤會一場，曾林偉也是我們的好朋友，你不好意思問，我們可以幫你問。」萬千育了解胡翔志的顧忌和憂慮，胡翔志聽了，臉上因為緊張而緊繃僵硬的肌肉，變得輕鬆柔和許多。

「可是，要怎麼問呢？被別人懷疑自己偷東西，感覺很尷尬耶！」孫凱欣露出煩惱的表情。

「不會啦！我們跟曾林偉都那麼熟了，他不會生氣的。」王益傑說。

「就算是很熟的朋友，還是不能亂問。讓曾林偉覺得我們把他當犯人，那就不好了。」游媄曼說。

「可是，胡子的自動鉛筆出現在曾林偉的鉛筆盒裡，他應該要解釋清楚。」王益傑說。

「離上課時間還有一分鐘五十八秒，我需要解釋什麼嗎？」曾林偉抱著一顆籃球，滿頭大汗地出現在

大家面前。

「啊！說曹操，曹操到！還好，我剛才沒說你的壞話！」王益傑看著曾林偉，吐了吐舌頭說。

萬千育看了看胡翔志，又看了看曾林偉，然後深吸一口氣說：「曾林偉，我們有個問題想請教你。」

曾林偉用袖子擦了擦額頭的汗水，點點頭說：「什麼問題，問吧！」

「你知道你的鉛筆盒裡，是否有胡子的自動鉛筆嗎？」萬千育接著說。

「胡子的自動鉛筆？怎麼可能？」曾林偉說完，立刻轉身回自己的座位，拿出鉛筆盒交給萬千育說：「你自己找吧！」

「為了讓大家都看清楚，我把鉛筆盒裡的東西全都放到桌子上，可以嗎？」萬千育問，看到曾林偉大方地點點頭之後，萬千育打開鉛筆盒，把所有的筆全都整整齊齊地擺放在桌子上。

「胡子，你的筆是哪一枝？」鄭仁祥問。

胡翔志的眼神來回地在桌上搜尋，就在上課鐘響

時，胡翔志滿臉疑惑地搖頭說：「對不起，沒有。」

「你的意思是說，你的筆不在這裡面？」萬千育問，胡翔志點點頭。

「曾林偉，真抱歉，我們⋯⋯」萬千育話還沒說完，曾林偉突然皺起眉頭說：「咦？這是我鉛筆盒裡所有的東西嗎？」萬千育點點頭。

曾林偉翻翻自己的鉛筆盒，確認裡面空無一物，抬起頭說：「我有一枝自動鉛筆不見了！」

結果謝昔衛是小偷？

　　鐘聲一響，當老師宣布下課後，廁所幫所有的成員立刻十分有默契地帶著自己的鉛筆盒衝到教室外。最後，所有的人在他們最常聚集的地方，也就是五年級廁所外面的走廊集合。

　　「我建議，每個人應該先檢查自己的鉛筆盒，看看有沒有不屬於自己的東西在裡面？」游媄曼說完，萬千育和孫凱欣也同時點頭同意。

　　曾林偉說：「可是，我覺得為了避免不必要的誤會，還是將鉛筆盒一個一個打開，所有的人一起看比較好。」胡翔志聽完曾林偉的話，臉頰瞬間脹紅。

　　「好哇！我是廁所幫的幫主，先檢查我的鉛筆盒吧！」鄭仁祥說完，搖了搖手上的鉛筆盒，鐵盒材質的鉛筆盒發出匡啷匡啷的聲響。

　　「哇！鳳梨頭，你的鉛筆盒裡居然有糖果紙，還有餅乾屑！」游媄曼驚訝地說。

　　「呵！沒辦法，有時候寫功課的時候肚子餓，一

邊吃餅乾一邊寫功課，難免會留下痕跡，哈哈！」鄭仁祥不好意思地抓抓頭髮。

「有一次，我還在鳳梨頭的鉛筆盒裡發現三根乾掉的麵條呢！」謝苦衛說完，所有的人都哈哈大笑。

「哎呀！別弄錯重點了！請大家注意看看我的鉛筆盒有沒有出現胡子的筆，或是曾林偉的筆呀！」鄭仁祥看了看胡翔志和曾林偉，兩個人同時搖搖頭。

「鳳梨頭，你的筆或是其他的文具都在嗎？」萬千育問，鄭仁祥才仔細地看了看自己的鉛筆盒，點點頭說：「有，都在！」

「下一個檢查我的吧！」曾林偉打開自己的鉛筆盒說。

「可是，剛剛已經看過啦！」王益傑說。

「剛剛只用了不到一分鐘的時間檢查，我想讓大家再檢查一次，比較公平。」曾林偉邊說，邊打開鉛筆盒的上下夾層。

「曾林偉不愧是英語高手，鉛筆盒裡還有英語單字小卡片。」孫凱欣看著整齊疊放在鉛筆盒底層的英

語單字卡片說。

「下個禮拜補習班的英文課要舉行大考，我得好好地利用時間準備才行。失蹤的那枝自動鉛筆，是我媽媽送我的生日禮物，也是我的考試幸運筆，每次大考，我一定會用，現在居然不見了，真傷腦筋！」曾林偉推了推眼鏡，嘆了一口氣說。

「你剛剛有沒有在你的座位附近找找看？」萬千育問。

「當然有！連周圍鄰居的地板也都檢查過了，就是沒找到！」曾林偉氣惱地說。

「接下來檢查我的吧！」謝昔衛打開自己的鉛筆袋，不同於鄭仁祥和曾林偉金屬材質的鉛筆盒，謝昔衛擁有牛仔布材質製成的軟鉛筆袋。

「咦？這兩枝筆不是我的！」謝昔衛一拉開筆袋拉鍊，立刻把筆袋放在鄭仁祥手上，然後像是躲炸彈似地立刻跳開，離自己的鉛筆袋遠遠的。

「這是我的筆！」曾林偉和胡翔志看著謝昔衛的鉛筆袋，異口同聲地說。

「嗯，真是太有趣了！」王益傑說完，謝昔衛急著跳腳說：「有趣？我莫名其妙變成偷筆的嫌疑犯，怎麼會有趣？」

「謝昔衛，你先別急。這事件的發展很有趣，一開始是胡子在曾林偉的鉛筆盒裡看到自己失蹤的筆，後來胡子的筆不但從曾林偉的鉛筆盒裡消失了，還約曾林偉的幸運筆一起離家出走，最後逃到你的筆袋裡了，是不是很有意思呢？」

謝昔衛激動地搖搖頭說：「一點都不有趣，我變成了偷筆嫌疑犯了。鳳梨頭、阿萬，快點幫我洗刷罪名，趕快把真正的小偷找出來！」

「謝昔衛，別急，讓我們好好地檢查你的筆袋，說不定會發現破案線索呢！」游媄曼仔細地翻看謝昔衛的鉛筆袋，發現了一張小紙條，她問：「謝昔衛，這是什麼？可以看嗎？」

謝昔衛聳聳肩膀說：「當然可以，因為這張紙條不是我的。」

謝昔街是小偷！

「誰寫的？還把我的『衛』寫成『街』！是誰這麼可惡？自己偷了筆，還要栽贓給我！」謝昔衛雙手環抱在胸口，滿臉不高興，氣得臉頰脹得鼓鼓的。

「顯然是『此地無銀三百兩』，這應該是真正的小偷寫的。」萬千育仔細地看著字條說。

「對呀！誰會偷了筆，還寫字條說自己是小偷？謝昔衛，你放心，我們一定會把真正的偷筆賊給找出來。」游媄曼說。

「這是誰的字，認得出來嗎？」王益傑仔細地端詳字條上的筆跡。

「寫得真醜，還有錯字，應該是國語成績不太好的人。」曾林偉說。

「胡子，你的筆是什麼時候不見的？」王益傑拿出隨身筆記本準備記錄。

「嗯，應該是昨天吃過午餐之後，我從書包裡拿出鉛筆盒，突然發現自動鉛筆不見了。」

「胡子，你是什麼時候在曾林偉的鉛筆盒裡，看到自己的自動鉛筆？」萬千育接著問。

「昨天放學前的最後一堂課，我跟曾林偉借橡皮擦，他叫我自己拿，我才看到的。」

「為什麼你昨天不直接問我呢？」曾林偉眼神銳利地看著胡翔志，使得胡翔志的臉頰瞬間發燙。

「哎呀！我來幫胡子說，因為不好意思，對不對？昨天晚上胡子一定為了這件事失眠睡不好，所以今天早上才來找我求救，對不對？」鄭仁祥把手搭在胡翔志的肩膀上，胡翔志露出感激的笑容，不斷地點頭說：「對！對！對！」

「胡子，我不是要怪你，如果你立刻告訴我，我可以馬上把筆還給你，說不定還可以發現破案線索。」曾林偉說完，輕輕地嘆了一口氣說。

「換句話說，昨天胡子的自動鉛筆是跟著曾林偉回家囉？曾林偉，你回家後沒發現胡子的自動鉛

筆在你的鉛筆盒裡嗎？」王益傑問。

曾林偉搖頭說：「沒有，因為我昨天放學後去補習班上英文課，回家以後有很多功課要作，沒時間檢查鉛筆盒。」

「那你是什麼時候發現自動鉛筆不見了？」萬千育問。

「就是今天早上你們檢查我的鉛筆盒時，我才發現的。」

「謝昔衛呢？你都沒發現自己的筆袋多了兩枝筆嗎？」游媄曼問。

謝昔衛搖搖頭說：「我沒注意，根本不知道什麼時候筆袋裡多了兩枝自動鉛筆。」

「好吧！根據胡子、曾林偉和謝昔衛的說法，我整理了這次事件大概的經過，請大家看一下吧！」王益傑攤開自己的隨身筆記本給所有的人看。

「我覺得重點是，小偷什麼時候偷了胡子和曾林偉的筆？又是什麼時候把兩枝筆和字條放進謝昔衛的鉛筆袋裡？」萬千育看了王益傑的筆記本之後說。

自動鉛筆離奇消失事件紀錄

昨天中午約
12:20——
胡子的自動鉛筆
消失。

今天早上約8:35——
胡子的自動鉛筆從曾林偉
的鉛筆盒消失，曾林偉的
自動鉛筆也消失了。

昨天中午 12:20	3:30	今天早上 8:35	10:13

下午約3:30——
胡子在曾林偉的鉛
筆盒裡發現消失的
自動鉛筆。

今天早上10:13——
兩枝消失的自動鉛筆同
時出現在謝昔衛的鉛筆
袋裡。

莫名其妙的連環偷竊事件
結果謝昔衛是小偷？

「阿萬真是一針見血！胡子、曾林偉和謝昔衛，你們三個都沒發現可疑分子動你們的鉛筆盒嗎？」王益傑拍拍手之後接著問。

　　「沒有！」三個人異口同聲地說。

　　孫凱欣看著三個人的臉上浮現相同的疑惑，不禁擔心地皺起眉頭說：「這下子可麻煩了！」

又有東西被偷了！

　　下雨天，下課時間不能到操場玩耍，吃過午餐之後，廁所幫的成員們聚集在走廊，謝昔衛心事重重地大嘆了一口氣說：「唉！都已經過了一個禮拜了，居然還沒把偷筆賊找出來，害我一直得背負偷筆賊嫌疑犯的身分，真討厭！」

　　「謝昔衛，別忘了我也是嫌疑犯之一呢！」曾林偉無奈地說。

　　「放心，就算找不到小偷，我們都清楚你們兩個不可能做這種事的！」鄭仁祥說。

　　「咦？洗手臺旁邊的飲水機後面好像有東西。」謝昔衛走過去，伸手取出一個藍色的手提袋。

　　「是誰把手提袋放在這裡的呀？」王益傑說。

　　「這是誰的手提袋呢？」孫凱欣問。

　　「看看手提袋裡的東西，應該會有線索。」萬千育提議，謝昔衛打開了手提袋，裡面有泳褲、毛巾。

　　鄭仁祥突然眼睛一亮說：「哇！有一包黑胡椒牛

排口味的洋芋片耶！不過，已經被吃完了！」

「我們班今天沒有游泳課，應該不是班上同學的袋子。」孫凱欣說。

「我知道隔壁班今天有游泳課喔！可以問問隔壁班的同學。」曾林偉說完，轉身望了望，眼睛突然一亮，大聲地喊：「陳彥宇！請你過來一下！」

一個皮膚略微黝黑的男孩，睜大眼睛，立刻朝著曾林偉跑過來，說：「嗨！曾林偉，你找我有什麼事嗎？」

「你知道這個手提袋是誰的嗎？」

陳彥宇一看到手提袋，立刻驚訝地大叫說：「這是薛仲宸的袋子，他一直在找這個袋子，你們在哪裡找到的？我拿去給他！」

「這位同學，可以請你帶你的同學過來一下嗎？因為，我們有問題想請教他。」萬千育十分有禮貌地提出請求。

陳彥宇點點頭說：「好，沒問題！」然後轉身離開。

「阿萬，你該不會認為這件事和上禮拜的自動鉛筆失蹤事件有關係吧？」曾林偉問。

萬千育點點頭說：「雖然看起來沒什麼關聯，不過，我還是想問一問當事人，說不定能因此得到新的線索。」

不一會兒，陳彥宇帶著一位皮膚白晰，眼睛明亮的男孩氣喘吁吁地跑過來，那男孩一看到手提袋，露出開心的笑容說：「還好你們找到了我的袋子，不然今天就不能上游泳課了。謝謝！」

「請你看一下袋子裡的東西有沒有少？」曾林偉把袋子遞給薛仲宸。

當薛仲宸一打開手提袋，立刻發出一聲慘叫，讓所有的人都嚇了一跳。

「怎麼啦？」陳彥宇問。

「真可惡！居然把媽媽幫我準備的點心吃完了！洋芋片的碎屑還掉在我的泳褲上面，好噁心！」薛仲宸露出嫌惡的表情，小心翼翼地拿出提袋裡的洋芋片包裝袋。

「薛仲宸，請問你是什麼時候發現自己的手提袋失蹤的？」萬千育提問。

「上完第二節電腦課，我從電腦教室回來之後才發現袋子不見了，害我拼命地找個不停，真是累死人了！」薛仲宸說完，吐了吐舌頭，又用袖子擦了擦額頭的汗水。

「還好手提袋裡面沒有放錢包，要是連錢也被偷走的話，那就更倒楣了！」陳彥宇在一旁說。

「陳彥宇，你們班上最近有沒有發生類似的事件？」曾林偉問。

陳彥宇點點頭說：「算有吧！上星期我們班同學放在桌上的紅茶莫名其妙地不見了，後來在老師的桌子上找到。一開始老師還以為是那位同學惡作劇，倒楣的同學被狠狠地罵了一頓。」薛仲宸說。

「紅茶有被偷喝嗎？」鄭仁祥問。

「有！而且喝光光，紅茶還滴在老師桌上的作業簿。」陳彥宇說。

「後來有找到小偷嗎？」王益傑問。

陳彥宇和薛仲宸同時搖搖頭，陳彥宇說：「老師花了一節課問全班同學，都沒人承認，那節課班上的氣氛糟透了。」

　　「唉！結果今天換我倒楣了！還好你們幫我找到手提袋，謝謝你們！我該回教室了，再見！」薛仲宸露出笑容，和陳彥宇一同離開。

　　「阿萬，你覺得如何？這會和偷筆事件有關聯嗎？」王益傑看著萬千育陷入沉思的表情，忍不住開口問。

　　萬千育露出疑惑的眼神搖搖頭說：「我也不知道，如果偷東西的人是同一個，到底是我們班上的同學，還是隔壁班的同學呢？」

　　「我覺得應該是我們班上的同學。因為，要拿到我和胡子鉛筆盒裡的自動鉛筆，還有時間放到謝昔衛的鉛筆袋裡，應該是我們平時不太會防備的同學。如果是隔壁班的同學在我們的教室活動，大家一定會注意到的。」曾林偉說。

　　「嗯，有道理。但是，也很有可能是兩個不一

樣的人啊！」游媄曼說。

　　「對呀！不只敢偷自己班上同學的東西，還偷別班同學的東西，膽子也未免太大了！希望我的東西不會被偷。」孫凱欣搖搖頭，擔心的情緒讓她的眉頭皺了起來。

令人尷尬的事件

「咦？這是什麼？怎麼會有奇怪的東西在我的書包裡？」上完電腦課回教室，滿頭大汗的鄭仁祥一口氣喝了半瓶水，然後打開書包，驚訝地大叫聲引來同學的圍觀。

「哈哈！鳳梨頭，你的書包裡居然有兩片衛生棉唷！」謝昔衛說完，忍不住哈哈大笑。

「原來這就是衛生棉喔！」鄭仁祥不好意思地抓抓頭髮說，然後拿起衛生棉大聲地喊：「有誰弄丟了衛生棉嗎？我發誓，我不是小偷，有人陷害我！」

「鳳梨頭，你喊得這麼大聲，誰敢承認那是她的東西啦？」孫凱欣拉拉鄭仁祥的衣角，露出尷尬的表情。

「喔？是喔！可是我擔心別人以為我是小偷呀！而且東西被偷了，應該會很想拿回去，為什麼不敢承認呢？」鄭仁祥說。

「因為衛生棉是女生的私人用品，你這麼大聲地

喊，會讓人家覺得很尷尬，還是交給我來處理吧！」萬千育瞪了鄭仁祥一眼。

「莫非你已經知道衛生棉是誰的了嗎？」鄭仁祥把衛生棉遞給萬千育。

「沒錯，我已經知道這是誰的東西了，接下來交給我來處理就行了。」萬千育大方地從鄭仁祥手上接過衛生棉，放在自己的口袋裡。

「哇！阿萬，你好厲害！這麼快就知道衛生棉是誰的，可不可以告訴我呀？」鄭仁祥的臉完全被好奇的表情占據。

「鳳梨頭，現在不行！」萬千育狠狠地瞪了鄭仁祥一眼，鄭仁祥立刻識趣地停止再問，他很了解萬千育的個性，就算他一直追根究柢地問也沒有用。

「我覺得這根本就是惡作劇，偷了別人的東西，又到處亂丟，真可惡！」孫凱欣表情嚴肅地說。

「沒錯，感覺上這個小偷好像什麼東西都偷。」游媄曼說。

「鳳梨頭，你有沒有發現可疑的人靠近你的書包

啊？」謝昔衛問。

鄭仁祥搖搖頭說：「只要是經過我座位的人，就有機會靠近我的書包，可是我沒有看出誰是可疑的人呀！」

「上電腦課之前，是閩南語課，很多人都不會回教室，老師也不在教室裡，小偷當然有機會作怪。」萬千育說。

「沒錯，去上電腦課之前，我也是這麼想。沒想到一回到教室，果然又有新的案件發生！早知道下課時間就應該回教室。」游娸曼說。

「小曼，雖然下課時間我們沒回教室，但是可以問一問有回教室的同學，或許能找到線索。」孫凱欣說完，鄭仁祥立刻點頭說：「好主意，那大家分頭去問吧！」

「不用問了，我和胡子下課時間有回來喔！午餐過後，我再告訴你們觀察結果。」曾林偉刻意壓低聲音，在鄭仁祥耳邊說。

午餐時間到了，廁所幫所有的成員十分快速地吃

完餐盒裡的飯菜，收拾好餐具後，立刻前往他們習慣聚會的走廊集合。

「鳳梨頭，真難得，今天吃咖哩雞飯，通常你沒吃三大碗是不會罷休的，但你居然只吃了兩碗，有吃飽嗎？」王益傑一邊說，一邊打量著鄭仁祥的肚子。

「唉！一想到我的書包裡，居然出現女生用的衛生棉，就一肚子火，而且一直沒有線索。現在曾林偉和胡子好不容易找到線索，我願意委屈一下肚子，犧牲一碗咖哩飯，希望能快點找到小偷。」鄭仁祥一邊說，一邊摸摸自己的肚子，然後看了看所有成員，握了握拳頭說：「曾林偉，大家都到齊了，你快說，小偷是誰？」

曾林偉推了推眼鏡，先看了一下周圍才開口說：「鳳梨頭，請注意，第一、我沒說看到小偷，我只說是觀察結果；第二、討論案情的時候小聲一點，免得洩漏給不相干的外人。」

「了解，你快點說吧！我等不及了！」鄭仁祥壓低聲音，急切地說。

「胡子，拿出來！」曾林偉說完，胡翔志立刻拿出自己的手機。

「好聰明，用手機錄影，小偷就不能狡辯了！」王益傑佩服地說。

曾林偉聽了卻搖搖頭說：「這不是直接證據，因怕打草驚蛇，我和胡子站在隔壁班的走廊偷偷觀察，只從教室外面錄了曾經進入教室的人，沒辦法知道那些人進了教室做了什麼事。」

「沒關係，至少可以知道哪些人可能是嫌疑犯，大家開始看吧！」萬千育說完，胡翔志立即按下播放鍵，儘管手機螢幕並不大，所有的人還是十分專注地看著。

看完之後，王益傑立即開口說：「一共有六個人進去過教室，羅唯嘉、王昱偉、林詩姍、郭正平、王偉揚，還有一個不認識的女生。」

「我認識那個女生，她是隔壁班級的陳心馨。奇怪，她跑進我們班的教室做什麼？」游媄曼說。

「我猜是還音樂課本，因為她跑進我們班的時候

手上拿著音樂課本，出來的時候手上沒任何東西。」萬千育說。

「但是那不代表她沒有嫌疑，除非教室裡有人能證明她只是來還課本。」游媄曼說。

「林詩姍在教室裡待的時間最久，一共是八分十三秒。」曾林偉說。

「應該是在補寫功課，她的功課老是沒寫完，老師規定她下課時要在教室寫功課。」王益傑說。

「羅唯嘉和王昱偉同時進教室，三十秒鐘就跑出來，他們看起來好像忘了帶什麼東西，但是沒看到他們手上有拿東西。」謝昔衛接著說。

「郭正平在教室裡待了五分零九秒，王偉揚最後回到教室，待了兩分零三秒。不知道他們在教室裡做什麼？」曾林偉說。

「看來我們需要分組行動，問問這些人進教室做什麼？有沒有看到其他人？」萬千育提議，鄭仁祥立刻點頭說：「沒問題，馬上分配任務吧！我和謝昔衛去找羅唯嘉和王昱偉，曾林偉和胡子去找郭正平，大

頭傑去找王偉揚，阿萬去找林詩姍，游胖妹和孫凱欣去找隔壁班的女生陳心馨，有問題嗎？」

「沒問題！」所有的人異口同聲地說完，立刻迅速分頭行動。

抽絲剝繭還是一團亂

　　鄭仁祥和謝昔衛回到教室，很快地發現羅唯嘉和王昱偉正在教室裡聊天。鄭仁祥看著羅唯嘉說：「今天早上你和王昱偉上完電腦課，下課時間有回教室，對不對？」

　　羅唯嘉一手輕晃著小熊吊飾，一手搭在王昱偉的肩膀上說：「為什麼我要回答你的問題？」

　　王昱偉手扠著腰，也附和說：「對呀！對呀！法律又沒有規定下課不能回教室。」

　　「如果你們不想被當作偷竊嫌疑犯，就老實說你們下課回教室後，到底做了什麼事？」謝昔衛沒好氣地說。

　　「什麼？我們兩個是偷竊嫌疑犯？」羅唯嘉皺起眉頭，瞪大眼睛看著鄭仁祥和謝昔衛。

　　「對呀！對呀！最近班上同學的東西老是被偷，還被亂丟，我們想找出到底誰是小偷？其實，我們也只是想找出真相而已啦！」鄭仁祥試著露出笑容，想

緩和眼前緊張的氣氛。

「我們『皮蛋瘦肉粥』二人組，平常雖然調皮搗蛋，但是可不會做違法的事喔！」王昱偉急忙澄清。

「對呀！我『皮蛋嘉』和『瘦肉偉』都是好人！不可能是小偷，而且我們也有東西被偷，所以才回教室。」羅唯嘉接著說。

「喔？你們也有東西被偷？」鄭仁祥說。

「對呀！皮蛋嘉的早餐被偷了，我陪他回教室裡找。」王昱偉說。

「真倒楣，我媽難得買麥當勞的早餐給我吃，結果我最愛吃的薯餅居然不見了。」羅唯嘉苦著一張臉說。

「為什麼你們只進去教室裡三十秒就出來呢？」謝昔衛問。

「因為王昱偉在垃圾桶裡發現裝薯餅的紙袋，我太生氣了，想立刻去找老師報告。」羅唯嘉說。

「你們進教室的時候，有發現其他人嗎？」鄭仁祥問。

「林詩姍在座位上發呆，董裕彰在座位上喝水。郭正平在吃布丁，王偉揚拿著放大鏡到處看東西。」王昱偉說完後，羅唯嘉突然睜大眼睛說：「我想起來了，董裕彰的表情有點怪怪的，說不定就是他偷吃了我的薯餅！」

「羅唯嘉，沒有證據，不能亂說話喔！」謝昔衛和鄭仁祥異口同聲地說。

羅唯嘉立刻舉起右手敬禮說：「是，是，兩位大偵探，拜託你們查清楚到底誰是小偷，我和瘦肉偉是冤枉的。拜託，拜託，我和瘦肉偉先告辭啦！」

「我好像聽到羅唯嘉和王昱偉提到我的名字，他們是不是在說我的壞話。」董裕彰看著羅唯嘉和王昱偉離開後，才靠近鄭仁祥與謝昔衛問。

「我們想問你，今天早上上完電腦課之後，你是不是有回來教室？」鄭仁祥問。

董裕彰神色突然變得不安起來，他先低頭看了看地板，又把雙手放在背後，才抬頭說：「是羅唯嘉和王昱偉告訴你的？」

謝昔衛點點頭說：「沒錯，可以告訴我們你在教室裡做什麼嗎？」

董裕彰面露難色地說：「這是我的個人隱私，不太方便講耶！我有事，先走了！」

謝昔衛看著董裕彰迅速離開教室的背影，轉頭對鄭仁祥說：「我覺得這傢伙嫌疑重大！」

「嗯，是有點奇怪，不過要等其他人的消息蒐集完全，才能判斷。我們在教室裡等其他人回來吧！」鄭仁祥拍拍謝昔衛的肩膀說。

過了幾分鐘，廁所幫其他成員陸續回到教室，曾林偉看了看手錶說：「距離午休時間只剩下三十八秒了，我看我們先把自己的收穫寫好，交給阿萬，讓阿萬做最後總整理，下一節下課時間一起討論。」

所有的人都點點頭，迅速地把資料傳給萬千育，然後滿心期待午休時間儘快結束。

下課時間一到，萬千育拿起隨身筆記本揮了揮，廁所幫少年偵探隊的成員們立刻有默契地往教室外移動，他們的目標是商討案情的廁所外走廊。

莫名其妙的連環偷竊事件
抽絲剝繭還是一團亂

「我整理好了，大家看完後，一起來討論嫌疑最大的是誰？」萬千育把筆記本攤開，字跡十分工整。

姓 名	可疑行為	解釋行為	其他
羅唯嘉	下課時間和王昱偉回到教室，三十秒之後又離開教室。	找遺失的早餐（薯餅），結果在垃圾桶發現薯餅紙袋。	
王昱偉	下課時間和羅唯嘉一起回到教室，三十秒之後又離開。	陪羅唯嘉尋找遺失的早餐。	
董裕彰	一個人在教室裡。	基於個人隱私，不願意解釋。	比所有的人都先回到教室。
林詩姍	下課時間回教室，坐在教室裡發呆，一共待了八分十三秒。	因為數學習作太難不會寫，所以坐在位置上發呆。	
郭正平	下課時間回教室，一共待了五分零九秒。	吃布丁，和王偉揚聊天。	
王偉揚	下課時間回教室，一共待了兩分零三秒。	拿著放大鏡到處亂看。	
陳心馨	隔壁班同學，下課進入本班教室。	還音樂課本給林詩姍。	

「我覺得董裕彰最可疑，只有他不願意解釋待在教室的原因。」謝昔衛看完了萬千育整理之後的資料說。

「可是我覺得如果事關個人隱私，不願意說出來是他的權利，我們又不是警察，也不是法官。而且，其他有提出解釋的人也未必說的是實話。」游媟曼一邊說，一邊依然盯著資料看。

「對呀！我同意小曼說的話。我記得林詩姍在二年級的時候，曾經沒經過我的同意，就從我的鉛筆盒拿走了小熊鉛筆，她有過不良紀錄，而且待在教室裡的時間又最長。一般男生通常不會知道女生的衛生棉放在哪裡，也不會有興趣。所以，我覺得唯一的女生林詩姍，嫌疑最大。」孫凱欣說。

「林詩姍可不是唯一的女生，別忘了還有隔壁班的陳心馨。我覺得林詩姍看起來不像是會拿走別人的東西，然後又故意亂丟的那種人。」王益傑說完，看了看所有人，又接著說：「好啦！好啦！我知道你們不會接受『看起來』這種沒根據的說法。這樣吧，我

莫名其妙的連環偷竊事件
抽絲剝繭還是一團亂

舉個例子支持我的看法。昨天我的十塊錢掉在地上，可是我沒發現，是林詩姍撿來還給我的唷！如果她是小偷，直接拿走就好啦！對吧？」

「我覺得郭正平和王偉揚也有嫌疑，別忘了在和那個零零七——戚偉陵下挑戰書的時候，他們兩個居然瞞過全班蹺課逃學。我覺得這次的小偷太皮了，不但偷東西，還到處亂扔，很像他們的作風。當然，我沒證據啦，只是純推理。」鄭仁祥說完，不好意思地抓抓頭髮。

「其實，羅唯嘉和王昱偉也有嫌疑，雖然他們有東西被偷，但說不定是障眼法。」謝昔衛開口說完，胡翔志皺了皺眉頭說：「可是，可是，這樣每個人都成了嫌疑犯，到底要怎麼找到真正的小偷呢？」

孫凱欣嘆了一口氣說：「唉！其實我們已經很仔細分析了，抽絲剝繭地討論每一種可能，但還是一團亂呀！」

「凱欣，別喪氣。我反而覺得這是一個好的開始呢！」萬千育拍拍孫凱欣的肩膀說。

「對呀！別忘了廁所幫少年偵探已經解決了那麼多的案件，只要我們一起努力，一定可以解決這次的難題！」鄭仁祥露出招牌的樂觀笑臉，讓孫凱欣覺得心情輕鬆了起來，也露出了微笑。

董裕彰有難言之隱

下課時間一到，鄭仁祥和謝昔衛立即走到董裕彰的座位旁，想就竊案事件的問題再問個清楚。不過，董裕彰一發現鄭仁祥和謝昔衛朝著自己走過來，立刻拔腿往教室外跑。

「董裕彰，不要跑！」謝昔衛忍不住大喊，不過董裕彰已經一溜煙不見人影了。

「沒辦法，董裕彰跑步的速度比我還快，要追上他不是件容易的事。」鄭仁祥兩手一攤，表情十分無奈。

「董裕彰一定有問題！不然，為什麼看到我們兩個就跑？簡直就是作賊心虛嘛！」謝昔衛忿忿不平地說。

「嗯！別忘了游媄曼說的，他有保有自己隱私的權利，說不定他有什麼不能說的祕密啊！」萬千育在一旁說。

「阿萬，我看我和謝昔衛應該是無法再靠近董裕

彰了，換你們女生去試試看，說不定他會告訴你們他的祕密。」鄭仁祥說。

萬千育點點頭說：「我們會試試看。」

「我知道董裕彰去哪裡。」游媄曼眨眨眼睛說。

孫凱欣拉起游媄曼的手，興奮地問：「小曼，你怎麼那麼厲害？」

萬千育也露出笑容說：「小曼，帶我們去找董裕彰吧！」

游媄曼帶著萬千育和孫凱欣穿過走廊，下樓梯，越過操場，來到司令臺後方，董裕彰果然坐在司令臺後的榕樹下發呆。

「嗨！董裕彰！」游媄曼招招手，露出微笑。

董裕彰看見游媄曼她們，露出緊張的表情說：「你們來這裡做什麼？」

「別擔心！我們只是剛好散步到這裡。」萬千育朝著游媄曼與孫凱欣笑了笑，兩人也露出相同默契的笑容。

「別以為我不知道，你們這些女生和鄭仁祥、謝

昔衛一樣，都是什麼廁所幫，想從我這裡套祕密，想都別想！」董裕彰拿出耳機往耳朵一塞，然後雙手抱在胸口，緊閉雙脣。

游媄曼清了清喉嚨，刻意大聲地說：「我們是不相信啦！不過有人說你是小偷，你不想好好地解釋一下嗎？」

董裕彰瞪大眼睛，立刻拉掉耳機說：「游媄曼！我才不是小偷，你別亂說！」

「你越不解釋，大家就越懷疑你，你不覺得這樣很吃虧嗎？」游媄曼刻意放慢說話的速度。

「游媄曼，你和我同班五年，你應該知道我不可能是小偷，拜託你告訴他們，求求你！」董裕彰露出哀求的眼神。

「就是因為相信你不是小偷，所以才想問你，昨天下課時間你在教室裡做什麼？又看到了什麼？」游媄曼向前走一步，繼續說。

「我，我不能說啦！拜託，不要問我啦！」董裕彰說完，喪氣地垂下頭，右手緊緊地握著耳機。

「喔？不能說的情況有兩種，第一種情況：你就是小偷，你怕別人知道；第二種情況：你知道誰是小偷，但是小偷威脅你不准說。你是哪一種情況呢？」萬千育說完，董裕彰驚訝地抬起頭說：「你怎麼知道的？好厲害！」

「董裕彰，看來你是第二種，對吧？」游媄曼說完，董裕彰猛點頭，不過眼神隨即黯淡下來，搖搖頭說：「你猜中了也沒用，我還是不能說。」

「是誰威脅你？不用怕，我們廁所幫少年偵探隊可以幫助你！」孫凱欣也向前走了一步。

「如果你不敢告訴我們，也可以告訴老師，讓老師來處理。」游媄曼說完，董裕彰露出驚慌的神色，用力搖頭說：「不行，不行，如果告訴老師，後果會更嚴重，我才不敢告訴老師。只要洩漏一個字，我不但會被揍扁，祕密也會曝光。」

「董裕彰，別緊張。你不用開口，我們問你，你只要點點頭，或是搖搖頭就好了，這樣你一個字都不必說，可以嗎？」游媄曼說。

「好吧！你們可以問三個問題，不過，我可以選擇不回答。」

「太好了！董裕彰，你放心，我們不會勉強你回答。那我要問第一個問題了，昨天上完電腦課之後的下課時間，你有看見誰放了衛生棉在鳳梨頭的書包裡嗎？」萬千育問，董裕彰輕輕地點了點頭。

游媄曼接著說：「我來問第二個問題。偷衛生棉的人是不是還偷過別人的自動鉛筆？」董裕彰遲疑了一會兒，又點了點頭。

萬千育看著孫凱欣說：「凱欣，你來問第三個問題吧。」孫凱欣立即開口問道：「小偷是不是不只一個？」董裕彰神色一驚，上課鐘聲在此時響起，他立刻站起來說：「上課了，我要回教室去了，再見！」然後快速飛奔回教室，把萬千育、游媄曼和孫凱欣三個人遠遠地拋在後頭。

孫凱欣嘆了一口氣說：「真可惜，剛好上課了，他沒回答我的問題。」

萬千育露出笑容說：「雖然董裕彰沒回答問題，

可是他的表情已經洩漏答案了，不是嗎？」

「沒錯！」游媄曼也點點頭。

抓小偷的妙計

　　下課時間到了，廁所幫少年偵探隊的所有成員正打算往集合地點移動，只有謝昔衛還坐在座位上，雙手托著臉頰，無精打采地說：「真是可恨！居然到現在還捉不到小偷，如果可以驗指紋就好了，馬上就能知道小偷是誰！」

　　「謝昔衛，別作夢了，這是不可能的事。走吧，繼續調查。」鄭仁祥拍拍謝昔衛的肩膀說。

　　游媄曼突然眼睛一亮，語帶興奮地說：「我們雖然不能驗指紋，不過謝昔衛的想法倒讓我想到了一個點子。走吧，我們出去討論！」

　　廁所幫成員在五年級廁所外的走廊上聚集，專心地聽完游媄曼的想法，謝昔衛興奮地說：「這真是個好主意！」鄭仁祥也拱起雙手說：「游胖妹，沒想到你居然能想出這樣的妙點子，我太小看你了，失敬，失敬。」

　　「鳳梨頭，現在可不是說廢話的時候，這個計畫

需要大家的配合。希望能順利找出真正的小偷！」游媄曼瞪了鄭仁祥一眼，然後繼續說：「雖然我不是廁所幫幫主，也不是副幫主，不過，為了讓大家能清楚計畫的進行，這次的計畫任務由我來分配。鳳梨頭、阿萬，你們不會介意吧？」

鄭仁祥露出笑容，搖搖手說：「怎麼會介意呢？有人幫忙，高興都來不及了！」

「對呀！小曼，別忘了我們是一個團隊！」萬千育說。

「太好了，那我就開始分配工作囉！」游媄曼說完，開始一一對廁所幫少年偵探隊的成員說明需要準備的事項和步驟。

「這個計畫聽起來好刺激，真希望能成功！」孫凱欣滿臉期待地說。

「對呀，要不是因為得配合時機，我巴不得馬上執行這個計畫。」王益傑接著說。

「沒關係，我們回去好好地準備一下，明天才能順利進行計畫！」曾林偉說。

「對呀！對呀！明天早上有連續兩節自然課，接著還要上英語課，真是一個實施計畫的好時機，大家加油吧！」萬千育說完，所有的人都一致點頭。

隔天到了上自然課的時間，鄭仁祥拉著謝昔衛直接跑向自然教室，羅唯嘉和王昱偉跟著在後面喊著：「廁所幫的鳳梨頭和謝昔衛，等等我們！」

鄭仁祥停下來回頭問：「有什麼事嗎？」羅唯嘉氣喘吁吁地說：「你們抓到小偷了嗎？」

「還沒！」謝昔衛說。

「太好了，嘿嘿！我們『皮蛋瘦肉粥』偵探二人組，知道小偷是誰喔！」王昱偉露出得意的笑容。

「喔？說來聽聽。」鄭仁祥一臉嚴肅地說。

「小偷有兩個。」羅唯嘉說。

「兩個小偷？為什麼？」鄭仁祥與謝昔衛同時發問。

「因為我皮蛋嘉覺得小偷是林詩姍，瘦肉偉說小偷是董裕彰！而且你們說偷竊事件發生了好幾件，所以我們推論小偷有兩個。」

謝昔衛露出懷疑的眼神問：「有證據嗎？」

「證據？當然沒有！不過林詩姍偷拿過我的玩偶吊飾，我覺得她嫌疑重大，且她在教室的時間最多，因為她不能下課。我的推論是不是很有道理？哈哈！不是只有你們廁所幫能當偵探，我皮蛋嘉也可以！」羅唯嘉越說越激動，王昱偉拍拍他的肩膀說：「皮蛋嘉偵探，你太激動了，口水都噴到我的臉上了！換我說明，我認為小偷是董裕彰，因為他看起來怪怪的，總是一個人躲在教室或是司令臺後面的榕樹下，形跡可疑。我有問他昨天下課時間在教室裡做什麼，他一個字都不說。所以，依我『瘦肉偉』的判斷，董裕彰嫌疑重大。」

謝昔衛聽完，嘆了一口氣說：「兩位大偵探，推論只是推論，不能亂下結論。我們還有事要忙，失陪囉！」

「喂！等一下，你們要去哪裡？我們也要去！」羅唯嘉拉著王昱偉，跟在鄭仁祥和謝昔衛後面，一直跑到自然教室。鄭仁祥和謝昔衛走到哪裡，羅唯嘉和

王昱偉就跟到哪裡，就連上廁所也不放過。

　　謝昔衛十分不耐煩地對羅唯嘉和王昱偉說：「請你們不要一直跟著我們，可以嗎？」

　　羅唯嘉帶著微笑說：「我們沒有跟著你們，只是恰巧你們要去的地方，我們也要去而已呀！」王昱偉也在一旁點頭說：「對呀！對呀！法律沒有規定你們要去的地方，我們不能去，對吧？」

　　謝昔衛望著鄭仁祥苦笑，鄭仁祥只能搖搖頭低聲說：「不管他們了，反正不會影響我們的任務，希望很快就能聽到好消息。」

　　「喂！鳳梨頭，你說什麼呀？可不可以說大聲一點？」王昱偉看見鄭仁祥和謝昔衛正在竊竊私語，忍不住好奇問。

　　「這位同學，法律沒有規定不能說悄悄話吧？法律也沒規定悄悄話一定要大聲講吧？」謝昔衛瞪了王昱偉一眼，沒好氣地回答。

　　突然間，謝昔衛眼睛一亮，他興奮地拉起鄭仁祥的手說：「說曹操，曹操到。走吧！」

「可是，他們兩個怎麼辦？」鄭仁祥指了指羅唯嘉與王昱偉。

「沒時間管他們了，抓小偷比較重要！」謝昔衛說完，鄭仁祥點點頭，兩個人很有默契地以最快的速度向前跑，因為胡翔志正在走廊的另一頭對著他們揮手。

鄭仁祥與謝昔衛迅速抵達胡翔志所站的地方，也就是教室門口的走廊，胡翔志看到他們兩人立刻開口說：「快點，游媄曼說要等你們兩個到齊，才要開始說。」

「等一下，我們也要聽！」隨後跟上來的羅唯嘉和王昱偉上氣不接下氣地說。

「你們來得正好，你們在場也是一件好事，快點進來吧！」游媄曼從窗戶探出頭來說。

鄭仁祥進教室一看，驚訝地說：「哇！林詩姍、陳心馨、董裕彰、王偉揚，還有郭正平，加上『皮蛋瘦肉粥』二人組，所有的……呃！所有的『關係人』都在這裡！」其實，他本來想說「嫌疑犯」三個字，

不過萬千育瞪了他一眼，讓鄭仁祥硬生生地把這三個字吞回肚子裡。

游媄曼清了清喉嚨，開口說：「各位，最近班上出現一連串莫名其妙的偷竊事件，很抱歉，在場的每一位都有嫌疑，因為事件發生的時候，你們都在場。不過，今天又有偷竊事件發生，是孫凱欣的錢包不見了！而你們全部都在場。」

「沒錯，那個錢包是我爸爸出差去臺北買給我的禮物。」孫凱欣說。

「說不定是孫凱欣自己弄丟的，憑什麼說我們是嫌疑犯！」王偉揚不高興地說。

「我們很確定孫凱欣沒弄丟，因為早上我們幫她確認錢包就放在書包裡，而且還用一條線綁住，沒想到有人把線剪斷，拿走錢包。」萬千育說。

「喔？那應該是董裕彰拿的吧？剛剛他跟老師說他頭痛，所以沒去上自然課，他一直都在教室裡，我猜他的書包裡一定有孫凱欣的錢包。」王偉揚看著董裕彰，董裕彰露出痛苦的表情，拚命地搖頭說：「不

是我！不是我！」

「很簡單，搜他的書包就知道了！」郭正平說完立刻走到董裕彰的座位，打開他的書包，令所有人驚訝的是書包裡果真有孫凱欣的錢包。

「你看吧，我早就說他是小偷了。耶！我是名偵探瘦肉偉！」王昱偉用勝利的眼神對著羅唯嘉說。

「可是，裡面的錢都不見了！」胡翔志說。

「沒錯，一定是他趁大家都不在的時候把錢拿走了！」王偉揚接著說，郭正平也在一旁猛點頭。

「咦？為什麼皮包裡有白白的粉末？孫凱欣，你的錢包裡有粉筆灰嗎？」羅唯嘉看了看錢包說。

「沒錯，所以我想請問王偉揚，為什麼你的褲子上有一大片白白的粉末呢？」孫凱欣用銳利的眼光直盯著王偉揚的藍色短褲。

原本一臉輕鬆的王偉揚，臉上出現些許緊張的神色，連忙用雙手拍掉褲子上的白色粉末說：「喔！這是因為剛剛郭正平拿板擦丟我，不小心丟在我的褲子上。」

「對！對！對！」郭正平連忙點頭說。

「可是，我放的是我家小妹妹用的痱子粉耶，聞起來香噴噴的。」孫凱欣依然盯著王偉揚的褲管看。

「很簡單，我的鼻子最靈了，讓我來聞聞看。」鄭仁祥立即彎下腰聞了聞王偉揚的褲管，接著說：「賓果！是痱子粉沒錯。」

「不只王偉揚，我猜郭正平身上應該也有痱子粉的味道，因為郭正平的右手臂皮膚，突然變得白白嫩嫩的！」游媄曼直看著郭正平的手臂，有一層薄薄的白色粉末。

謝昔衛立刻一把抓住郭正平的右手臂聞一聞，點點頭說：「沒錯！」

王偉揚和郭正平兩人臉色一陣青，一陣白，王偉揚立刻從口袋裡掏出一百五十元還給孫凱欣，紅著眼眶說：「對不起，我只是好玩，才拿了你的錢包，你大人有大量，請原諒我。」

「我覺得你和郭正平也應該跟董裕彰道歉吧！你們誣賴他是小偷，害他被大家誤會。」孫凱欣雙手扠

腰，生氣地說。

王偉揚和郭正平低著頭向董裕彰說：「對不起，董裕彰。」

「還有，昨天出現在我書包裡的衛生棉，也是你們的傑作吧？」鄭仁祥問。

「嗯，對不起！我，我只是……」

「又是一時無聊，對不對？剛好被董裕彰看到，你們威脅他不准說，對不對？真的很過分耶！我一定要告訴老師！」游媄曼氣得臉都脹紅了。

「其實，我也知道是他們偷了衛生棉，只是我也不敢說。」林詩姍紅著臉低聲地說。

「他們也威脅你嗎？」王益傑問。

林詩姍搖搖頭說：「沒有，我不敢說的原因是他們偷的是我的衛生棉。王偉揚趁我去上廁所的時候，偷了衛生棉，放進鳳梨頭的書包。鳳梨頭拿起衛生棉大聲問的時候，我才發現書包裡的衛生棉不見了，因為大家都在看，我，我不好意思承認。」

「自動鉛筆也是你們偷的吧？誰寫的字條？居然

誣賴我是小偷，還把我的名字寫錯，真可惡！」謝昔衛瞪著王偉揚與郭正平，郭正平低聲地說：「字條是王偉揚叫我寫的，對不起。」

「我有個問題，你們怎麼知道他們兩個今天會再偷東西？」羅唯嘉問。

「其實，這一連串莫名其妙的偷竊事件，看起來似乎沒關聯，卻有一個共通點。」游媄曼說。

「喔？有共通點？我怎麼都沒發現？」曾林偉推了推眼鏡說。

「其實共通點很簡單，除了衛生棉之外，每一件被偷的東西都是爸爸或是媽媽送的禮物，或是幫忙準備的東西。」

「所以，小曼要我帶一個新的錢包到學校來，一早就到處炫耀那是爸爸買給我的禮物，我們猜想小偷會聽見。」「原來，這是個誘餌，你們真詐！」王昱偉像是解開了數學難題，表情豁然開朗。

「為什麼你們兩個要到處偷東西，又亂丟？」王益傑問。

郭正平聳聳肩膀說：「不知道，王偉揚叫我做什麼，我就做什麼。」

「我就是看那些人不順眼，有爸媽送的東西有什麼了不起的？林詩姍也是一天到晚把『我媽媽說』掛在嘴邊，聽了都煩死了！」王偉揚眼眶紅紅地說。

「王偉揚、郭正平，你們跟老師來！」大家回頭一看，才發現老師正站在教室門口。

王偉揚和郭正平一臉驚愕，怯怯地朝著老師走過去。鄭仁祥驚訝地說：「老師站在那裡多久了？我怎麼都沒發現？」

游娸曼笑著說：「這次的計畫，我有先向老師報告，老師說他會在暗處觀察我們的行動，然後作適當的處理。」

「原來你們的計畫這麼周詳！難怪可以順利找出小偷！」羅唯嘉說。

「對呀！早跟你們說了，證據是很重要的。」謝昔衛對羅唯嘉和王昱偉說。

「至少，我們猜對小偷的數目，兩個，下次再努

力，一定會進步。」王昱偉握緊拳頭說。

「我還有個問題，為什麼王偉揚那麼討厭人家提到爸爸和媽媽？」孫凱欣問。

「這個我知道喔！王偉揚是我的鄰居，他和爺爺住在一起，聽說他的爸爸媽媽已經離婚了，爸爸不常回家，媽媽也沒有來看過他。」羅唯嘉說。

「這個樣子雖然有點可憐，可是也不應該亂偷別人的東西呀。」胡翔志說。

「我猜，王偉揚最想偷的，其實是愛吧！」萬千育說完，上課鐘聲響起，所有的人若有所思地離開班級教室，往科任教室移動。

莫名其妙的連環偷竊事件
抓小偷的妙計

2.土魠魚羹的魔咒事件

謝昔衛的倒楣事件

　　週一早上，謝昔衛一到教室，雙手托著下巴，無精打采地趴在桌子上。

　　「謝昔衛，你怎麼了？不舒服嗎？」孫凱欣關心地問。

　　「會不會是星期一症候群？經過快樂的週末，每次到禮拜一要上學時，總會覺得特別無力。」王益傑問。

　　「都不是啦！昨天中午爸爸帶我去吃土魠魚羹，結果發生倒楣的事。」謝昔衛輕嘆了一口氣說。

　　「啥？土魠魚羹？我的最愛！炸得酥酥香香的土魠魚塊，放在有大白菜的甜甜羹湯裡，每次爺爺帶我去吃，我一定點大碗的土魠魚羹米粉麵，再加點辣椒粉。哇！真是人間美味！」鄭仁祥說完，忍不住舔了舔嘴脣。

　　「什麼是土魠魚羹米粉麵呀？通常不是土魠魚羹麵，就是土魠魚羹米粉嗎？」孫凱欣在一旁問。

「喔，這是爺爺教我的吃法，可以兩種都點，一碗魚羹裡有噴香彈牙的炸魚塊，又有米粉，還有麵，是不是很豐富？啊！真希望現在就來一碗土魠魚羹米粉麵！」鄭仁祥摸了摸肚子說。

孫凱欣聽了眼睛立刻亮起來說：「我都不知道有這種點法，下次我也來試試看！」

「喂！朋友有難，你們兩個居然討論起土魠魚羹來，忘了朋友的存在，真的是『見食忘友』！」謝昔衛不高興地把雙手抱在胸口，皺起眉頭。

「哎喲！別這樣，朋友當然很重要，只是你剛好講到本人最愛的土魠魚羹，害我口水直流，我只是一時太興奮，但是我可沒忘了你的問題唷！說吧，到底遇到什麼倒楣的事？」鄭仁祥熱絡地把手搭在謝昔衛的肩膀上，謝昔衛聽了眉頭才舒展開來，不再糾結成一團。

「唉！昨天我跟爸爸說要請他吃土魠魚羹，結果付錢之後，看到土魠魚羹上桌，太高興了，不小心掉了錢包也不曉得，等我發現回去找的時候，錢包已經

不見了，我存了一個月的零用錢，三百五十三塊，就這麼消失了。」

「你有沒有問老闆，說不定老闆有發現，幫你收起來了。」孫凱欣問。

「當然有！可是老闆說他沒看見，也沒看見誰撿走錢包。」謝昔衛苦著臉說。

「要不要貼一張尋找失物啟示呢？如果有人撿到錢包還給你，你就分給那個人三分之一的零用錢。俗語說：『重賞之下必有勇夫。』說不定可以找回你的錢包！」鄭仁祥提議，本來在旁邊一直保持沉默的游媄曼，忍不住笑了起來，鄭仁祥皺了皺眉頭說：「游胖妹，我提了這麼棒的意見，你沒拍拍手，還笑得這麼大聲，是什麼意思？」

游媄曼笑得滿臉通紅，拉了拉身邊的孫凱欣說：「凱欣，你應該知道我在笑什麼，你幫忙解釋一下，我怕等一下忍不住又想笑了。」

孫凱欣點點頭說：「鳳梨頭，三百多塊對小學生來說可能是筆不小的錢，可是對大人而言就不是了。

去吃土魠魚羹的除了小學生，還有很多大人哪！」

游媄曼忍住笑意直點頭說：「對！對！對！一百塊錢怎麼能算是『重賞』呢？」

「我爸爸說，錢包如果被人撿走，要再找回來就很難了，因為我的錢包裡沒有身分證明，只有一堆零錢。雖然爸爸說沒關係，會再補零用錢給我。但是我還是覺得很難過，因為那可是我辛苦存了一整個月的心血。」

「有沒有去附近的警察局問問看，說不定有人拾金不昧，把錢包送到警察局去了。」游媄曼說完，謝昔衛搖搖頭說：「爸爸說，我的錢包掉在小吃店裡，如果是正直的人，就會託給老闆，請老闆歸還，沒有理由再送到警察局去。」

「這樣呀！兄弟，別難過了，走，我們去合作社喝果汁，我請客！」鄭仁祥大方地從口袋拿出錢包，在謝昔衛的眼前晃了晃。

謝昔衛露出驚訝的表情說：「鳳梨頭，我記得你

是『月光族』，每個月的零用錢不到月底就花光了，今天是20日，你還有零用錢嗎？」

「有，有，只是所剩不多。所以，其他的朋友，很抱歉，我只能請謝昔衛喝飲料，bye! bye!」鄭仁祥向其他人彎腰一鞠躬，然後拉著謝昔衛往合作社去。

孫凱欣看著他們離開的背影說：「小曼，走吧！我們也去合作社喝果汁，我請客。」

游媄曼帶著詫異的眼神問：「凱欣，為什麼要請客呢？我的心情很好呀！」

孫凱欣搖搖頭，微笑著說：「是我覺得心情不太好，因為我也有掉過錢包的經驗，我了解謝昔衛的感受。唉！可惜幫不上忙。」

土魠魚羹的魔咒？

　　隔天早上，謝昔衛笑容滿面地對鄭仁祥說：「鳳梨頭，走吧！我們一起去合作社喝果汁，我請客！」

　　鄭仁祥滿臉疑惑地說：「啥？你中樂透了嗎？零用錢不是丟了嗎？」

　　謝昔衛從口袋裡拿出錢包，開心地拉開拉鍊說：「你看，你看，這裡面總共有三百元的鈔票，還有硬幣五十四元，不但一毛不少，還多了一塊錢，好開心喔！」

　　「怎麼找到的？」孫凱欣聽到謝昔衛開心地宣布找回失物，立即拉著萬千育和游媄曼一同上前關心。

　　「今天早上一到教室，在抽屜裡發現的喔！」

　　「咦？你的錢包在小吃店遺失，卻在學校抽屜裡找到？」游媄曼提出疑問。

　　「很顯然，有人撿到你的皮包，那個人一定是班上同學，才知道你丟了錢包，然後把錢包放進你的抽屜。」萬千育說。

「對喔！我看到錢包出現在抽屜裡，且一毛錢也沒丟，高興地快要飛上天，沒仔細想其中的問題。」謝昔衛仔細看著自己的錢包。

鄭仁祥也提出疑問：「還有，為什麼那個人不直接把錢包交給謝昔衛呢？說不定，謝昔衛一開心，會請他喝果汁呀！」

「可能是暗戀謝昔衛的女生撿到，不好意思交給謝昔衛，所以偷偷放在他的抽屜裡。」王益傑在一旁說完，謝昔衛立刻紅著臉大聲地說：「大頭傑，你亂講！才沒有人暗戀我呢！」

「要不要再檢查一次錢包呢？」曾林偉被大家熱烈的討論吸引而來，加入討論。

萬千育點頭說：「對呀！我也覺得應該要再檢查一次錢包。」

謝昔衛點點頭，將錢包裡的鈔票一張張抽出來，把硬幣倒在桌子上，赫然發現有一張白色便條紙在皮包底。

下次要小心保管錢包喔！

土魠魚羹的魔咒

「土魠魚羹的魔咒？是一個人嗎？」謝昔衛問。

「會不會是挑戰書？我們收過不少挑戰書呢！」王益傑說。

萬千育搖搖頭說：「我覺得不像是挑戰書。」

「對呀！不但歸還錢包，還貼心提醒謝昔衛要小心保管，怎麼看，都充滿了善意，說不定，真的是對謝昔衛有好感的女生送來的。」孫凱欣說。

「善意？如果是善意，為什麼撿到錢包後不立刻還給謝昔衛，而是拖到今天才還呢？說不定撿到錢包的人本來想把錢花光，但是受不了良心譴責，才決定要還給謝昔衛的。」王益傑說。

「喂！大頭傑，你這個人怎麼老喜歡把事情往壞處想？」游媄曼搖搖頭說。

「我只是在推理，在真正的答案出現之前，應該有很多種可能，不是嗎？」王益傑理直氣壯地回應。

曾林偉開口說：「我覺得王益傑說的有道理，現在我們線索不多，所以各種可能都應該先想想看。」

「我們知道是誰喔！」羅唯嘉拉著王昱偉，也圍過來湊熱鬧。

「真的？假的？快點說來聽聽！」王益傑瞪大眼睛說，廁所幫其他的成員也安靜下來，目光全集中在羅唯嘉和王昱偉身上。

「根據我們『皮蛋瘦肉粥』雙人組偵探的觀察，最近本班才女萬千育對謝昔衛特別好唷！」羅唯嘉說完，一手扠腰，一手指著萬千育。謝昔衛氣得向前衝向羅唯嘉，一把拉住他的衣領說：「羅唯嘉，你說話要有證據！怎麼可能會是萬千育撿到我的錢包？亂講一通！」

「喂！謝昔衛，君子動口不動手，別激動。」雖然羅唯嘉被怒氣沖沖的謝昔衛一把拉住，依然一副悠哉的樣子。

「對啦！別激動。」鄭仁祥趕忙上前一把拉走謝昔衛。

「要證據嗎？有證據喔！」羅唯嘉對王昱偉使了個眼色，王昱偉立刻從口袋裡拿出小筆記本，然後翻開大聲念：「星期一早上八點三十七分五十七秒時，萬千育拍了謝昔衛的肩膀一下。星期二中午十二點三十五分十八秒，萬千育在謝昔衛耳邊說悄悄話，看起來很親密。星期三下午一點二十八分三十四秒，萬千育幫謝昔衛撿起掉在地上的橡皮擦。」

萬千育聽了搖搖頭，苦笑著說：「你們兩個沒事像狗仔隊一樣，記錄我和謝昔衛的一舉一動？」

謝昔衛緊握著拳頭說：「你們根本就是『皮蛋瘦肉粥』狗仔雙人組！無聊透頂！」

羅唯嘉雙手抱在胸口說：「我們不只觀察你們，也觀察其他人。上次的連環偷竊事件，雖然推理輸了你們，但是，我們『皮蛋瘦肉粥』偵探雙人組會再接再厲，我們決定多練習，觀察是很重要的練習。」

「很抱歉，你們這次又錯了。因為阿萬對大家都

很親切，而且阿萬一點也不害羞，撿到謝昔衛的錢包一定會直接還給他。」王益傑說。

「喔？是這樣嗎？那好吧！我們還有二號和三號人選，要不要聽一聽呢？」王昱偉指了指自己的筆記本說。

謝昔衛連忙搖搖手說：「不用了，不用了，免得聽了你們又胡說八道，讓我氣得像炸彈一樣爆炸，到時候說不定就有人要遭殃了。」

「聽聽看嘛！又不收錢，拜託。」羅唯嘉環顧四周，發現大家的目光焦點依然在他身上，馬上對王昱偉使了眼色，王昱偉立刻開口說：「二號是林詩姍，三號是黃愉庭。」

「咦？再說一次！」謝昔衛的眼睛突然一亮，用力拉扯著王昱偉的手臂，讓王昱偉覺得有點緊張，連忙說：「好啦！我不念了，你不要生氣，手下留情，拜託！」

謝昔衛依然緊拉著王昱偉的手臂說：「我不會打你，你再說一次！」

「二號林詩姍，三號黃愉庭。」王昱偉說完，立刻把自己的手抽回，躲在羅唯嘉背後。

　　「我想起來了，那天去吃完土魠魚羹之後，在店裡遇到林詩姍和她妹妹。」謝昔衛說。

林詩姍的說法

「我問你，你是不是『土魠魚羹的魔咒』？」謝昔衛一找到林詩姍，劈頭就問。

林詩姍一臉茫然地搖頭說：「你說什麼？『土豆雨根的魔咒』？新的線上遊戲嗎？我家沒電腦，我不會玩。」

謝昔衛急得直搖頭說：「不是啦！前幾天，你和你妹去吃土魠魚羹，對不對？」

林詩姍點點頭說：「對呀！我吃土魠魚羹米粉，我妹吃土魠魚羹麵。那家土魠魚羹很好吃，我們常常去吃。」

「你有撿到我的錢包嗎？」謝昔衛帶著熱切的語氣問。

林詩姍搖搖頭說：「你掉了錢包嗎？真是太不小心了。如果我撿到錢包，一定會在原地等遺失的人回來，不然就送去警察局，然後電視上就會出現林詩姍小妹妹拾金不昧的新聞，我就出名了。」

「你真的沒撿到？」謝昔衛語帶失望地問。

林詩姍用力點頭說：「真的，不信，你們可以去問我妹妹。」

「你去吃土魠魚羹的時候，有看到其他認識的人嗎？」萬千育問。

林詩姍點頭說：「有呀！遇到謝昔衛。」

「除了謝昔衛呢？」萬千育又問。

「我和我妹都認識老闆喔！每次老闆都會多給我們一塊炸魚。啊！糟了，不小心說出來了，老闆說不能講的。」林詩姍說完，立刻搗住自己的嘴巴。

「除了謝昔衛和老闆，還有嗎？」王益傑依然不死心地繼續問。

林詩姍抬頭想了想，露出了猶豫的眼神說：「有遇到一個我妹認識，但是我不認識的人，算嗎？」

「你不認識的人，就不是班上同學囉！」謝昔衛問。

林詩姍點點頭說：「對呀！是我妹的同學。」

「那就算了。」謝昔衛難掩失落地說。

「謝昔衛，錢包找回來了，應該要開心呀！」鄭仁祥輕輕地拍了拍謝昔衛的肩膀。

「我當然很開心，可是也很想知道，到底誰是『土魠魚羹的魔咒』？為什麼撿到我的錢包不直接還給我呢？」

「謝昔衛，我也很想知道，別忘了我們是廁所幫少年偵探隊，有案件就會追查到底。」王益傑握緊拳頭說完，在一旁的羅唯嘉也點頭說：「對！對！我們『皮蛋瘦肉粥』偵探雙人組也一定會追查到底。」

「唉！林詩姍這一條線索，算是斷了。」謝昔衛依然皺著眉頭，直看著自己手上的錢包。

「還有一條線索可以討論，謝昔衛的錢包今天才出現在抽屜裡，『土魠魚羹的魔咒』是什麼時候把錢包放進抽屜裡的呢？」曾林偉說完，萬千育也點頭跟著說：「我也有想到這個問題，不是昨天放學之後，就是今天一大早。」

「換句話說，那個人不是最後離開教室，就是第一個進來教室的囉？」游媄曼接著說。

謝昔衛露出驚喜的眼神說：「有人知道昨天下午最後離開教室，和今天早上先來教室的人是誰嗎？」

　　羅唯嘉舉手說：「我知道喔！今天早上第一個到教室的是戴杰民，因為他有教室的鑰匙。昨天下午我是倒數第五個離開教室的人，我離開之後，教室裡還有周奕茗、沈子豪、林詩姍和顏祐翎。」

　　「周奕茗和顏祐翎是值日生，沈子豪和林詩姍是被老師留下來補功課的。」王昱偉接著說。

　　「林詩姍就不必問了吧！」謝昔衛說。

　　「嗯，那我們分頭去問這四個人。阿萬、游胖妹和孫凱欣你們去找戴杰民，我和謝昔衛去找周奕茗，曾林偉去找沈子豪，大頭傑和胡子去找顏祐翎。」鄭仁祥說完，羅唯嘉指著自己和王昱偉開口問：「那我們兩個呢？」

　　「你們是『皮蛋瘦肉粥』偵探雙人組，我們是廁所幫少年偵探，你不是說要比我們先找到答案嗎？應該分開行動，對吧？」謝昔衛說。

　　羅唯嘉尷尬地乾笑兩聲說：「這樣說，也是沒錯

土魠魚羹的魔咒事件
林詩姍的說法

啦！瘦肉偉，走吧，我們一定會先找出答案。等我們
找到答案，再通知你們廁所幫囉！」

　　「說不定是我們先找到答案，再通知你們『皮蛋
瘦肉粥』偵探雙人組。」王益傑不甘示弱地回應。

「周奕茗，我們有問題想問你。」謝昔衛一看到周奕茗立刻開口，周奕茗坐在座位上，正拿著筆專注地在課本上塗鴉，謝昔衛湊近一看，發現他正在畫海綿寶寶。

「等一下，剩下睫毛和牙齒。」周奕茗喃喃自語地說，畫完才抬頭問：「有什麼問題呢？」

「昨天放學之後，你和顏祐翎當值日生，有看到誰把錢包放進我的抽屜嗎？」謝昔衛問。

周奕茗偏著頭想了一下說：「沒有耶！我和顏祐翎一邊聊天，一邊收拾，沒注意。」說完，低下頭繼續提筆畫畫。

「嗯，謝謝你！」謝昔衛又露出失望的表情。

「說不定其他人會問出新的線索呀！」鄭仁祥安慰謝昔衛。

「反正有時間，我們也去找沈子豪，好嗎？」謝昔衛問。

鄭仁祥露出為難的表情說：「是還有時間啦！不過，任務我都已經分配好了，這樣會不會⋯⋯」

謝昔衛拍拍鄭仁祥的肩膀說：「我們是同一個團隊，互相支援是應該的，與其坐著想『土魟魚羹的魔咒』是誰，還不如認真幫忙找答案。」

鄭仁祥想了又想，點點頭說：「也沒錯，走吧！咦？曾林偉回教室了！」

謝昔衛立刻迎向曾林偉問：「有新的線索嗎？」

曾林偉搖搖頭說：「我沒找到沈子豪，只剩十秒鐘就上課了，等一下要上音樂課，我得先回教室拿課本。反正等一下上課還會遇到沈子豪，請他下課時等我一下，再問也不遲。」

「沈子豪和戴杰民是死黨，說不定阿萬她們去找戴杰民的時候，也會遇到沈子豪。謝昔衛，走吧，我們該去上音樂課了。」鄭仁祥說完，謝昔衛依然不死心地望著教室門口說：「我想等其他人回來，再一起去音樂教室。」

「冰雪聰明的阿萬和另外兩個女生，都帶著課本

出去，所以不會再回教室了。」王益傑從後門進來，胡翔志跟在後面。

雖然上課鐘聲在此時響起，謝昔衛看到王益傑還是急著問：「怎麼樣？」王益傑搖搖頭說：「沒有收穫，顏祐翎說他沒發現特殊的狀況。」

「唉！現在只能寄望阿萬她們那組女生，能問出新線索，先去上課吧！」謝昔衛無精打采地說。

吃完午餐之後，廁所幫的所有成員在最常聚集的廁所外走廊集合，羅唯嘉和王昱偉也跟著一起去。

「你們兩個來做什麼？」謝昔衛不客氣地問。

羅唯嘉露出笑容說：「當然是來交換情報囉！」

謝昔衛眼睛一亮說：「你們有新的線索嗎？說來聽聽。」

王昱偉手扠著腰說：「這樣太不公平吧，你們人多，應該先說。」

謝昔衛瞪了王昱偉一眼，還是開口說：「我先說吧！周奕茗沒看到任何可疑人物。我問過大頭傑和胡子，顏祐翎也說沒有。」

「沈子豪說他忙著補功課，老師就在旁邊，他根本不敢東張西望。」曾林偉接著說。

「戴杰民說他開了教室的門之後，就去籃球場打球，根本不在教室裡。」萬千育說完，謝昔衛問：「你有沒有問他，知不知道還有誰很早來學校呢？」

游媄曼點頭說：「當然有！不過，他說他急著去打球，沒多注意。」

「這個我們知道，第二個到學校的是黃愉庭。」羅唯嘉說完，王昱偉立刻拍了一下羅唯嘉的肩膀說：「喂！皮蛋嘉，誰叫你那麼快把情報說出來！」

羅唯嘉聳聳肩膀說：「他們已經先說啦！而且我們還有其他的資訊。」

「其他資訊？那還不快說！」謝昔衛急得在原地猛跳腳。

「那你們要答應，以後你們的行動也可以讓我們參加。」羅唯嘉收手抱在胸口說。

「你們兩個想加入廁所幫少年偵探隊？」鄭仁祥問。

羅唯嘉舉起右手食指，左右搖晃兩下說：「No! no! 我們依然是帥氣的『皮蛋瘦肉粥』偵探雙人組。所謂『知己知彼，百戰百勝』，這樣我們才有機會贏你們呀！」

「真是奸詐！那就不要講了，才不要讓你們當跟班！」謝昔衛氣得鼻孔都快冒煙了，鄭仁祥一把拉住謝昔衛說：「我同意，反正我們的行動也沒什麼好隱瞞的。」

萬千育也開口說：「我也覺得沒關係，但是我們是一個團體，我覺得應該徵詢每個人的意見，最好是大家都同意。」

「最重要的是找出謎底，我也同意。」王益傑說完，曾林偉與胡翔志也在一旁點頭。

「游媄曼、孫凱欣，你們兩個不會也同意吧？」謝昔衛氣呼呼地問。

「謝昔衛，你不是很想知道是誰把你的錢包送回來？不要計較那麼多啦！」游媄曼說完，謝昔衛才不情願地點頭說：「好吧！我勉強答應。」

羅唯嘉帶著滿意的笑容說：「太好了！那我就可以繼續說了。我們有問黃愉庭，還有誰比較早來，黃愉庭說之後是呂欣澤、董裕彰，不過，後來黃愉庭去練習直笛，不在教室裡，所以沒注意當時的情況。」

　　王昱偉接著說：「我們當然也去問了呂欣澤和董裕彰，董裕彰說他正在聽MP3裡的音樂，什麼都沒看到，呂欣澤忙著背英文單字，也沒看到。但是，呂欣澤說，他覺得好像在哪裡看過『土魠魚羹的魔咒』，只是想不起來是在哪裡看到的。根據我們『皮蛋瘦肉粥』偵探雙人組的推理，說不定『土魠魚羹的魔咒』就是呂欣澤本人，他知道我們在追查，所以故意說自己在哪裡看過，混淆視聽。」

　　羅唯嘉得意地抬起下巴說：「沒錯，我們的推理很不錯吧！請大家掌聲鼓勵，謝謝。」

　　游媄曼雙手扠腰說：「好臭屁的『皮蛋瘦肉粥』偵探雙人組，謝謝你們的資訊分享，不過，我想提醒你們，推理只是推理，最重要的是有證據，請問你們說呂欣澤是『土魠魚羹的魔咒』，有證據證明嗎？」

王昱偉不甘示弱地說：「放心，我和皮蛋嘉會去找出證據，證明我們的推理很完美！」

土魠魚羹的魔咒再出江湖

「孫凱欣、游媄曼，你們在找什麼？」曾林偉看到孫凱欣和游媄曼蹲在地上四處搜尋，忍不住開口詢問。

孫凱欣抬起頭，苦著臉、癟著嘴說：「我掛在鉛筆袋上的Hello Kitty吊飾不見了，昨天才買的。」

「確定是掉在教室裡嗎？」曾林偉問。

游媄曼搖頭說：「不確定，但是總得找找看。」

「孫凱欣，你最後一次看到吊飾是什麼時候？」曾林偉問。

「準備上音樂課時，我拿著筆袋，還看到Hello Kitty吊飾還好好地掛著呀！後來和阿萬、小曼去找戴杰民，午餐後又和大家討論『土魠魚羹的魔咒』調查結果，再回到教室午休，午休時才發現不見了。」

曾林偉皺了一下眉頭說：「哇！不妙，好長的一段時間，在這段時間內都有可能是吊飾遺失的時間，你得再回音樂教室，順著原先經過的路線找找看。」

「嗯，阿萬也是這樣建議，我和小曼在教室找，阿萬去音樂教室幫我找。」

「需要『皮蛋瘦肉粥』偵探雙人組的協助嗎？」羅唯嘉雙手放在背後，蹲下來說。

「謝謝你，不用了。」孫凱欣冷淡地應答完，繼續低頭找。

「你確定嗎？有人留言給我，說知道你的吊飾在哪裡。」羅唯嘉故意站起來，假裝想要轉身離開。

孫凱欣立刻站起來，驚訝地張大嘴巴說：「真的嗎？在哪裡？」

王昱偉皺起眉頭，雙手抱在胸口說：「等一下，皮蛋嘉，剛剛人家說不需要我們的幫忙呢！」

羅唯嘉轉過身來，挑了挑眉毛，露出笑容說：「沒關係，雖然我是皮蛋嘉，但是我的心地很善良，我很樂意幫助別人！」說完之後，從口袋裡拿出一張皺皺的衛生紙，然後小心翼翼地攤開，上面用黑色簽字筆歪歪斜斜地寫著：「孫凱欣的吊飾，在操場旁的溜冰場邊，第二棵黑板樹的樹洞裡。」

孫凱欣的吊飾，在操場旁的溜冰場邊，第二棵黑板樹的樹洞裡。

土魠魚羹的魔咒

　　「小曼，我們快點去找！」孫凱欣看完，立刻拉起游媄曼的手說。羅唯嘉從另一個口袋裡，拿出皺成一團的黃色塑膠袋，遞給孫凱欣說：「等一下，你看看，是不是這個？」

　　孫凱欣遲疑了一下，猶豫著到底要不要接過羅唯嘉手中的塑膠袋，王昱偉瞪大眼睛說：「我們『皮蛋瘦肉粥』偵探雙人組辛辛苦苦地從廁所跑到溜冰場，找了半天才發現這個，你不想看一下嗎？」

　　「凱欣，我幫你看。」游媄曼立刻拿起羅唯嘉手中的塑膠袋，打開袋子，從裡面拿出一個可愛的Hello Kitty吊飾。孫凱欣一看到，立刻露出欣喜的笑容，開

心地直說：「小曼，謝謝你！」

「喂！孫凱欣，你的吊飾是我們找到的耶！」王昱偉在一旁不高興地說。

孫凱欣立刻點頭說：「對不起，我應該先跟你們說謝謝！真的很謝謝你們！」

「不客氣啦！」羅唯嘉和王昱偉異口同聲地回應說。

「你們是在哪裡發現這張衛生紙的？」曾林偉仔細地看著羅唯嘉放在桌上的衛生紙說。

「上完音樂課，我和瘦肉偉都想上大號，所以把音樂課本放在廁所裡的洗手臺上，從廁所出來之後，才發現課本夾了一張衛生紙，本來以為是誰惡作劇，故意放一張垃圾在我的課本裡，後來發現上面有寫字，就馬上去查。昨天下雨，黑板樹洞有點溼溼的，還好有這一層醜醜的塑膠袋，保護了漂亮的吊飾。」

「原來你們上完音樂課之後就發現啦？沒有馬上說，真奸詐！」游媄曼不高興地說。

羅唯嘉立刻挺起胸膛，理直氣壯地說：「沒馬上說，有兩個理由，第一、我們忙著和你們討論線索；第二、說不定是惡作劇，我們覺得應該先求證，確定樹洞裡真的有吊飾，也確認孫凱欣真的丟了吊飾。」

　　王昱偉在一旁猛點頭說：「對呀！好心幫忙調查還被罵，真倒楣！」

　　孫凱欣忍不住開口說：「我很感謝你們的幫忙，不過，現在的問題是，我的吊飾為什麼會在黑板樹的樹洞裡，還包著一層塑膠袋？」

　　「嗯，還有，那張衛生紙是誰留的？字跡看起來好醜，和謝昔衛錢包裡紙條上的工整字跡很不一樣。這兩次出現的『土魠魚羹的魔咒』，應該不是同一個人吧！」曾林偉接著說。

　　「啥？有兩個『土魠魚羹的魔咒』？」王昱偉驚訝地張大了嘴巴。

　　「可是，衛生紙上的字刻意寫得很醜，謝昔衛錢包裡的紙條則是故意寫得很工整。我覺得很有可能是同一個人，不想被認出字跡，所以故意改變寫字的習

慣。」游媄曼也加入討論。

羅唯嘉瞇起眼睛，用食指和拇指抵住下巴說：「沒想到『土魠魚羹的魔咒』重現江湖，還是這麼神祕厲害呀！我們『皮蛋瘦肉粥』偵探雙人組，一定會追查到底。王昱偉，今天下課回家，我要叫我媽帶我去吃土魠魚羹，順便好好地調查一番，你去不去？」

王昱偉苦著臉搖頭說：「不行耶！我媽很晚才下班，我要先去安親班上課。」

「好吧！沒關係，那我就自己出馬。哈哈！」羅唯嘉的笑聲裡有滿滿的自信。

皮蛋嘉宣布破案

　　羅唯嘉一大早到學校，立刻去找鄭仁祥，喜孜孜地說：「我已經破案了！如果想知道誰是『土魠魚羹的魔咒』，請你通知廁所幫的同伴來聽我的推理，第一節下課鐘聲一響，立刻在教室外的走廊集合。」

　　鄭仁祥一聽，驚訝地張大嘴吧說：「真的嗎？真的嗎？」

　　羅唯嘉雙手抱在胸口，偏著頭說：「不相信我能破案嗎？這次，我可是找到了關鍵性的證據喔！」

　　「嗯，好！我們會聽聽看你的推理。」萬千育在一旁說。羅唯嘉聽了，露出了滿意的笑容，愉快地哼著歌離開。

　　鄭仁祥急得猛拉自己短短的頭髮說：「阿萬，你怎麼能那麼冷靜？他說他破案了耶！真不敢相信，我們居然輸了！」

　　萬千育聳聳肩膀說：「我爸爸常說一山還比一山高，人外有人，天外有天，要承認自己的不足。羅唯

嘉破案了，我們就聽結果囉，反正大家也很想知道『土魠魚羹的魔咒』是誰。」

「唉！連你都這麼說，我也只能接受這種悲慘的結果了。」鄭仁祥重重地嘆了一口氣，整個人像是洩了氣的皮球，無精打采地一一通知廁所幫所有成員。

下課時間一到，羅唯嘉拉著王昱偉立刻往教室外跑，在走廊上站定之後，雙手扠著腰，一臉神氣地等著其他人。

「好啦！人都到齊了，你可以說了吧？」鄭仁祥一臉不情願地說。

「等一下，還有幾個關鍵人物還沒到。」羅唯嘉眨眨眼睛，王昱偉立刻接著說：「時間寶貴，我進去催他們。」

不到一分鐘，王昱偉從教室裡跑出來，身後跟著林詩姍和黃愉庭，王昱偉站直敬禮說：「報告，重要關係人來了！」

羅唯嘉滿意地點點頭說：「好，終於都到齊了！我要宣布，『土魠魚羹的魔咒』就是林詩姍！」

林詩姍一臉茫然地指著自己說：「啊？我是『土豆兩根的魔咒』？我自己怎麼不知道？」

「什麼嘛！根本是胡說八道！」謝昔衛十分不滿地發聲，其他成員也露出疑惑的表情。

「別急！我還沒說完，還有另一個『土魠魚羹的魔咒』，就是黃愉庭。」羅唯嘉指著黃愉庭的鼻子，自信滿滿地說。

「我？我喜歡吃土魠魚羹，但是我不知道什麼是『土魠魚羹的魔咒』。」黃愉庭說完，撥了撥額頭的瀏海，又甩了甩馬尾。

萬千育露出好奇的表情問：「哦？是什麼理由，讓你認定她們兩個是『土魠魚羹的魔咒』呢？」

「昨天晚上，我拜託我媽帶我去吃土魠魚羹，先遇到林詩姍和她妹妹，林詩姍一邊吃土魠魚羹，一邊還四處亂看。林詩姍的妹妹告訴我，林詩姍最近很熱中撿錢包，連走路都在看地上。」

「那是因為我希望能撿到錢包，送到警察局，成為大家眼中拾金不昧的小學生。」林詩姍說。

羅唯嘉瞪著林詩姍，不高興地指著林詩姍的鼻子說：「別插嘴，我還沒講完！你就是用這種說法矇騙了我們所有人，其實你有撿到錢包，對不對？你妹妹都告訴我了，別說謊！」

林詩姍咬了咬嘴脣說：「我沒說謊！我根本沒有撿到錢包，只有撿到一塊錢，我本來要交給土魠魚羹店的老闆，老闆說只有一塊錢，叫我自己收起來。」

王昱偉問：「所以你自己獨吞了一塊錢？」

「我才沒有獨吞一塊錢！後來我聽說謝昔衛吃土魠魚羹的時候，掉了錢包，我想那說不定那是他掉的錢，所以才把一塊錢放進謝昔衛抽屜裡的錢包。」

「為什麼你不馬上直接把錢拿給我？而且還隔了一天才還呢？」謝昔衛問。

林詩姍紅著臉說：「因為，我撿到的是一塊錢，又不是錢包，我擔心你以為我撿到了錢包卻故意不還給你，所以想偷偷還給你。第一天我找不到機會，第二天我特地早一點出門，想趁教室裡沒有人注意的時候，把一塊錢放進你的抽屜，沒想到你的錢包就在抽

屜裡，我乾脆把一塊錢塞進去。」

「原來如此，難怪我的錢包多出了一塊錢。謝謝你，林詩姍。不過，我還是得把一塊錢還給你，因為我的錢包裡已經有原來遺失的錢了，一塊錢不是我掉的。」謝昔衛說。

羅唯嘉露出懷疑的眼神，依然不放棄地說：「謝昔衛，你這麼輕易就相信她的說法？你怎麼知道她說的不是謊言？」

林詩姍握緊拳頭，生氣地跺腳說：「我說的都是實話！皮蛋嘉，你不要亂講話啦！」

「誰能證明？說不定是你說謊！」羅唯嘉眼神銳利地直盯著林詩姍。

林詩姍猛搖頭，急得眼淚都快奪眶而出，她說：「我趁沒人看到的時候把錢放進去，當然沒有人可以證明！」

王益傑開口說：「雖然羅唯嘉說的還算有道理，不過，我相信林詩姍不會說謊。」

「你們自己說凡事都要有證據，林詩姍沒證據證

明自己不是『土魠魚羹的魔咒』。」王昱偉說。

「我可以證明！」突然有一句回應從包圍林詩姍的人群外傳來，所有人都轉頭搜尋開口說話的人。

「董裕彰，你知道我們在討論什麼嗎？」羅唯嘉問。

「講那麼大聲，當然知道囉！前天，我有看到林詩姍把一塊錢放進謝昔衛抽屜裡的錢包，但是林詩姍不知道我有看到她。」

林詩姍像是遇到了救星一般，開心地拍拍手說：「萬歲！終於有人可以證明我的清白了！」

「董裕彰，你確定嗎？」羅唯嘉不死心地繼續追問。

董裕彰點點頭說：「我為什麼要說謊呢？」

羅唯嘉攤開雙手，無奈地搖搖頭說：「好吧，我承認是我的推理失誤，不過至少發現林詩姍把一塊錢放進錢包裡。」

「羅唯嘉，沒關係，我們也常發生推理錯誤的狀況。不過，可以請你再解釋一下黃愉庭也是『土魠魚

羹的魔咒』的理由是什麼嗎？」聽完萬千育說的話，原本垂頭喪氣，兩眼無神的羅唯嘉，頓時精神百倍起來，清了清喉嚨說：「嗯，這個嘛，因為我和瘦肉偉在上廁所時，發現『土魠魚羹的魔咒』的留言，我們出去找孫凱欣的吊飾時，發現黃愉庭鬼鬼祟祟地在附近出沒，因此覺得她嫌疑重大。」

「什麼？我鬼鬼祟祟？那時候我跟周奕茗、戴杰民還有張恩綺在玩鬼抓人啊！」黃愉庭氣呼呼地抗議說。

「可是，我們有去問張恩綺，她說黃愉庭玩鬼抓人之前，跑進男生廁所裡，這樣應該沒話說了吧？」王昱偉盯著黃愉庭說，黃愉庭的臉色突然一陣青一陣白，緊握拳頭，跺著腳說：「可惡的張恩綺，居然洩漏我的祕密！」

「所以，黃愉庭，你真的是『土魠魚羹的魔咒』嗎？」謝昔衛急忙接著問。

「我才不是！你們別聽那個皮蛋嘉胡說八道！」黃愉庭急得猛跳腳，頭上紮的馬尾也劇烈地晃動著。

「為什麼你跑進男生廁所呢？」王益傑問。

「女生跑進男生廁所很奇怪嗎？鳳梨頭就曾為了玩鬼抓人，而闖進女生廁所裡。說不定黃愉庭也是因為玩鬼抓人，所以跑進男生廁所裡。」游媄曼說。

「重點是，那個時間就是你跑進了男生廁所裡，所以嫌疑重大。」羅唯嘉眼神篤定地看著黃愉庭說。

「我不是啦！」黃愉庭搖搖頭，然後低下頭，緊咬著嘴唇，不斷地揉著眼睛。

「那我只能認為你自己默認就是『土魠魚羹的魔咒』！」羅唯嘉指著黃愉庭，毫不留情地說。黃愉庭用雙手掩住臉，大聲地說：「我才不是！」立刻轉身跑進教室，趴在桌上低聲啜泣，所有的女生也都跟著跑進去安慰她。羅唯嘉和王昱偉露出不安的表情，只能沉默地站在原地。上課鐘聲在此時響起，所有的人也跟著進入教室。

「看來案子還沒破呢！我們還有希望，真是太好了。」鄭仁祥一邊走進教室，一邊喃喃自語。

SOS計畫

「唉!」鄭仁祥重重地嘆了一口氣,在一旁的謝昔衛說:「鳳梨頭,很難得聽到你嘆氣,是不是因為一直找不到『土魠魚羹的魔咒』?」

鄭仁祥抓了抓短溜溜的頭髮,氣惱地說著:「對呀!距離上次羅唯嘉宣布破案之後,都已經過了一個禮拜,我們還是找不出誰是『土魠魚羹的魔咒』。害我連作夢,都夢見土魠魚羹,我居然在夢裡連吃了十碗的土魠魚羹。」

「別提了,自從我害黃愉庭哭了之後,居然變成全班女生的公敵,真倒楣!唉!」羅唯嘉說完,也嘆了一口氣。

「早就提醒過你們了,沒有證據不能亂說話。」游媄曼說完,王昱偉忍不住回應:「我們又不是故意的,已經每天去跟黃愉庭說對不起,可是她還是不理我們,女生真小氣!」

「小氣?沒證據就亂說,你們喜歡別人這樣對待

你們嗎？請將心比心！」孫凱欣在一旁接著說。

「好！好！我怕了你們這群女生，先不說這個。可是仔細想想，那個『土魠魚羹的魔咒』做的都是好事，又不是壞人，黃愉庭根本不需要那麼激動呀！」羅唯嘉說完，突然摀住嘴巴，緊張地看了看四周，拍了拍胸口繼續說：「還好黃愉庭不在附近，如果被她聽到，莫名其妙又哭了，那我就倒大楣了！」

「嗯，羅唯嘉說得沒錯。其實，這次的事件和以往都不同的是，根本沒有犯人，也就沒有所謂的『破案』，這樣就不用擔心廁所幫少年偵探隊因為破不了案而名譽掃地這件事了。」鄭仁祥說完，原本皺成一團的眉頭，在瞬間變得舒坦，他突然覺得心情輕鬆許多。

謝昔衛卻皺起眉頭說：「可是，我還是很想知道誰是『土魠魚羹的魔咒』，為什麼撿了錢包，不直接還給我？」

孫凱欣也點點頭說：「對呀！對呀！我也想知道是不是他撿到我的吊飾？我的吊飾為什麼會出現在黑

板樹的樹洞裡？還有為什麼叫『土魠魚羹的魔咒』？這個名字真的好奇怪！」

「好吧！好吧！我鳳梨頭身為廁所幫幫主，聽到了大家的心聲了，本人決定重新振作，擬定新計畫，再次啟動調查。」鄭仁祥挺起胸膛，精神百倍地說。

謝昔衛聽了，眼睛立刻亮起來說：「計畫？鳳梨頭有新的計畫？說來聽聽吧，我一定全力配合。」

鄭仁祥抓了抓頭髮，乾笑兩聲說：「呵呵！新計畫？真抱歉，還沒想到耶！我的意思是現在開始，我會努力想想。」

謝昔衛露出失望的表情說：「啊？我以為你已經有計畫了呢！」

「別這樣啦，說不定冰雪聰明的副幫主阿萬，會有新的計畫，對不對？」鄭仁祥帶著尷尬的笑容看了看萬千育，萬千育卻搖搖頭說：「真抱歉，我也沒有想到新計畫。我想這個人明明做了好事，卻要隱瞞身分，就是不希望別人知道他是誰，應該是有難言之隱吧！」

坐在一旁的游媄曼，右手托著下巴，偏著頭想了一下說：「阿萬說的也很有道理呢！不過，實在是太令人好奇了，真想知道『土魠魚羹的魔咒』到底是誰呀？」

「對呀！對呀！我也超想知道這個神祕人物到底是誰？」王益傑也跟著附和。

胡翔志突然緩緩地舉起手，低聲地說：「其實，剛剛羅唯嘉和阿萬說的話，讓我想到一個計畫，不知道大家想不想聽聽看？」

「胡子有計畫？那當然要聽囉！」鄭仁祥興奮地大叫。

胡翔志把食指放在嘴唇上說：「噓！小聲一點，別忘了『土魠魚羹的魔咒』就在我們班上。」

「對！對！對！小心『土魠魚羹的魔咒』就在你身邊，噓。」謝昔衛也壓低聲音說。

「這樣吧！快上課了，下一節下課時間，我們在老地方見，廁所幫少年偵探集合囉！」鄭仁祥壓低聲音，對著所有的廁所幫成員說。

「好吧！我們『皮蛋瘦肉粥』偵探雙人組也要來好好振作，下一節課，我們也來研究新計畫！」羅唯嘉不甘示弱地看著王昱偉說。

上國語課時，廁所幫的成員們十分注意時間，謝昔衛不斷地看著自己的電子錶，鄭仁祥則是猛盯著黑板上方的時鐘看。接近下課時間時，曾林偉也瞥了一眼自己的手錶，然後在心裡默默倒數著：「十、九、八、七⋯⋯四、三、二、一。」鐘聲一秒不差地準時響起，不過老師可沒打算準時下課，過了兩分鐘，好不容易熬到老師喊下課，所有的廁所幫成員迅速離開教室，到他們經常聚集的廁所前走廊討論。

王益傑聽胡翔志說完，開口說：「嗯，胡子想的計畫，就叫SOS計畫！」

「SOS？什麼意思？」鄭仁祥問。

「就是求救的意思，既然『土魠魚羹的魔咒』喜歡幫助別人，我們就想辦法讓他再來幫忙！」游媄曼說。

「意思是，我要再掉一次錢包嗎？萬一被其他人

撿走，不還給我怎麼辦？」謝昔衛苦著一張臉說。

「很簡單，錢包裡面放三塊錢就好啦！」孫凱欣說。

「其實，謝昔衛擔心的也有道理，在不知道誰是『土魠魚羹的魔咒』之前，誰都可能撿走錢包。」萬千育皺起眉頭說。

「如果只是放出錢包遺失的消息而已，說不定『土魠魚羹的魔咒』還是會有所行動，對嗎？」聽到曾林偉提議，謝昔衛眼睛在瞬間變亮說：「所以，我不必讓我的錢包冒險了，對嗎？」

「嗯，這也是個方法啦！可以試試看喔！」游媄曼點點頭說。

「謝昔衛，你要好好地演戲，裝成痛不欲生的樣子，讓『土魠魚羹的魔咒』現身！」鄭仁祥說完，謝昔衛原本容光煥發的臉立刻又黯淡下來，露出為難的表情說：「我這個人最不會演戲，我媽說我的臉上藏不住任何的祕密，只要我說謊，我媽一看就知道。叫我說謊，很難耶！」

「那只好換人囉！孫凱欣，你可以嗎？」鄭仁祥問。

孫凱欣搖搖頭說：「我也不行，我只要一說謊，講話就會結結巴巴，我建議阿萬，阿萬總是很鎮定，又聰明，一定可以勝任。」

「我不行啦！找其他人，拜託，拜託。」萬千育也搖搖頭。

「阿萬不行，那就讓我來試試看吧！」王益傑拍拍胸口說。

「太好了！大頭傑，重要任務就交給你了！」謝昔衛開心地說。

「我也不確定自己可不可以表現得很好，明天我會儘量想一些悲慘的記憶，讓自己的心情差一點，這樣應該會比較像。」王益傑說。

「我們也要努力幫忙製造氣氛！」鄭仁祥說。

「又不是去約會，要製造什麼氣氛？」謝昔衛笑著說。

「哎喲！當然是製造悲慘的氣氛，說不定『土魠

魚羹的魔咒』會因此露出破綻呀！」鄭仁祥解釋。

　　「總之，明天大家一起努力！對不對，阿萬？」王益傑看著萬千育說，但是他發現萬千育只是心不在焉地點點頭，讓他有點失望。

土魠魚羹魔咒的祕密

　　隔天早上，王益傑一到教室，果然苦著一張臉，憂憂愁愁地坐在位置上。游媖曼忍不住上前去問：「大頭傑，你怎麼啦？一大早就是一副苦瓜臉？」

　　王益傑的眉毛皺成一團，嘆了一口氣說：「真倒楣，昨天回家不但發現錢包丟了，連回家作業也忘了帶，我完蛋了！」

　　游媖曼壓低聲音說：「大頭傑，你為了讓自己心情變差，故意忘記帶回家作業嗎？這個犧牲也未免太大了吧？」

　　王益傑兩眼無神地搖搖頭，也降低音量說：「才不是呢！我是真的忘了帶回家作業。這下可好了，等一下上課，被老師罵了之後，我今天的心情肯定好不了的！」

　　「先去跟老師報告，然後再來補功課吧！你這副慘樣，『土魠魚羹的魔咒』應該會注意到吧？」游媖曼低聲說完，對王益傑眨了眨眼。

「嗯，有道理，我現在就去找老師！」王益傑立刻起身，離開教室。

過了十分鐘，王益傑氣喘吁吁地回到教室，找到游媄曼，告訴她說：「祕密，我發現了一個祕密！」

游媄曼驚訝地說：「你知道『土魠魚羹的魔咒』是誰嗎？」

王益傑搖搖頭說：「不是，跟這個無關。我剛剛去找老師，無意間聽到了一個祕密喔！快找大家來集合！」

游媄曼露出為難的表情說：「可是，大家都在忙著打掃，等一下就要升旗了，最快也得等到第一節下課吧！」

「那就幫我通知大家，第一節下課老地方見。」王益傑說完，立刻找出抽屜裡的作業本，開始埋頭寫作業。

下課時間一到，王益傑立刻往教室外跑，所有的廁所幫成員也一起到他們最常聚集的五年級廁所外走廊集合。

王益傑眼神嚴肅地用手勢示意所有的人儘量靠近他的身邊，然後把聲音壓得幾乎只剩下氣音說：「這是祕密，千萬不能告訴別人。」

　　「大頭傑，到底是什麼事，這麼神祕呀？」謝昔衛睜大眼睛低聲地問。

　　「我今天去找老師的時候，發現老師在和輔導主任講話，不小心聽到董裕彰被祕轉了。」

　　「祕轉？什麼是祕轉？」鄭仁祥問。

　　「我本來也不知道什麼是祕轉，不過我聽老師說董裕彰被什麼社會局的轉去給臺北的舅舅照顧，應該就是祕密轉學的意思吧？」

　　「難怪今天董裕彰沒來，老師也沒特別說什麼，只說董裕彰轉學了。我還想先前根本沒聽說董裕彰要轉學，怎麼突然就轉學了？」游媄曼說。

　　「為什麼要讓董裕彰祕密轉學？這樣我們都沒機會跟他說再見。」鄭仁祥一臉失落地說。

　　「我想這和個人隱私有關吧，別再討論了啦！」萬千育說。

「好吧！那我們快點來討論今天的行動計畫。」王益傑稍微地提高了一些音量，但是仍然眼神警戒地看了看四周。

「對呀！對呀！」謝昔衛也積極地回應。

「可是，我覺得這樣應該很難找到『土魠魚羹的魔咒』，還是算了吧！」萬千育突然這樣說，讓所有的人都驚訝地張大了嘴。

「阿萬，你身為廁所幫的副幫主，怎麼可以隨便打退堂鼓呢？」鄭仁祥說。

萬千育搖搖頭說：「鳳梨頭，你說錯了！我不是打退堂鼓，只是覺得沒有必要再追查下去，反正也不會有結果。」

「你怎麼知道沒有結果？都還沒試試看呢！」游媄曼也開口說。

「對呀！對呀！至少先試試看胡子的計畫嘛！」孫凱欣拉起萬千育的手說。

「難道是阿萬覺得胡子的計畫太爛，所以一定不會成功，乾脆不要試了？」王益傑一說完，萬千育立

刻猛搖頭說：「大頭傑，你亂講！」

「對呀！大頭傑，你這樣講話實在太傷人了！胡子會難過的。」孫凱欣瞪了王益傑一眼，又趕忙用眼神觀察一下胡翔志的表情，只見胡翔志低著頭，猛眨眼睛，孫凱欣知道，胡翔志正在努力地克制自己不要掉眼淚。

王益傑也看到了胡翔志的表情，慌忙地說：「胡子，對不起啦！我不是故意的，只是阿萬太反常了，我只好這樣『推理』，對不起！」

胡翔志用手猛揉眼睛，低聲地說：「沒關係！沒關係！」

萬千育嘆了一口氣說：「好吧！我還是告訴你們原因，其實，我早就知道『土魠魚羹的魔咒』是誰，我答應他不說出來，所以不能告訴你們，對不起。」

「什麼？阿萬？你知道答案，居然不說，看著我們像無頭蒼蠅一樣跑來跑去，真是太不夠朋友了！」謝昔衛生氣地雙手抱在胸口，怒視著萬千育。

萬千育兩手一攤，表情很無奈地說：「我也很掙

扎呀！但是答應人家的事，就要做到，我不能說話不算話。」

「其實，阿萬要我們放棄，也是不想看到我們瞎忙，對吧？」孫凱欣帶著諒解的表情看著萬千育，萬千育露出苦笑。

「我想『土魟魚羹的魔咒』應該就是董裕彰，對嗎？如果我猜對了，就不算你說的囉！」曾林偉看著萬千育說。

萬千育露出驚訝的表情說：「你怎麼知道？！」

「因為你是在董裕彰轉學之後，才勸我們不要查了，我猜關鍵就是董裕彰。」

萬千育點點頭說：「沒錯，你真是聰明！」

謝昔衛拉著曾林偉的手雀躍不已地說：「還好有你找到答案，不然我恐怕一輩子都會想著『土魟魚羹的魔咒』到底是誰這件事，那就太痛苦了！」

「可是，阿萬，我很想知道你是怎麼發現『土魟魚羹的魔咒』就是董裕彰？可以告訴大家嗎？」

萬千育點點頭說：「好吧！都被你們發現了，不

說也太不夠意思了。其實，大家第一次懷疑林詩姍的時候，她說有遇到她妹妹的同學，我就跑去問了她的妹妹林依姍，原來林依姍的同學就是董裕彰的弟弟，叫做董裕銘，其實謝昔衛的錢包是他撿到的。」

「董裕銘說他一時好玩，把錢包撿回家，被哥哥發現了。」

「所以董裕彰就帶來學校偷偷還給我，可是，為什麼他知道那是我的錢包？還有，為什麼不當面直接還給我呢？」謝昔衛接著說。

「我問了董裕銘，董裕銘說哥哥只說要帶到學校還給同學，他也不知道，所以我直接去找董裕彰。」

「然後呢？」孫凱欣迫不及待地問。

「董裕彰說他看過你的錢包，而且他家就住在土魠魚羹店附近，你去吃土魠魚羹那天，他有看到你，所以他很確定錢包應該是你的。至於為什麼他不當面交給你，唉！我有答應他不告訴別人。這個……」萬千育露出為難的表情。

「阿萬，拜託你啦！你不告訴我，我今天晚上一

定會因為不斷地思考原因而睡不著，我保證大家也都會保守祕密，對不對？」謝昔衛看了看廁所幫其他成員，所有的人一致點頭。

萬千育嘆了一口氣說：「好吧！其實，董裕彰一直有個祕密怕人家知道，就是他爸爸常常沒回家。」

「爸爸沒回家，還有媽媽呀！」游媄曼說。

萬千育皺了皺眉頭說：「麻煩的是，董裕彰的媽媽早就和爸爸離婚了，所以家裡除了董裕彰，就是他的弟弟董裕銘。董裕彰說如果被老師知道這件事，社會局的人就會發現，他們兄弟兩人會被另外安置到親戚家，可是他想等爸爸回來，不想去住別人家。若他直接將錢包還給謝昔衛，他怕謝昔衛問東問西，一下子就會問出他的祕密，他說他覺得廁所幫的人都很厲害，所以乾脆偷偷送回去，沒想到反而引起大家的好奇心。」

「原來如此！」孫凱欣說。

「大家記得之前班上發生了一大堆莫名其妙的偷竊事件嗎？」萬千育問，所有的人都用力點頭。

「董裕彰就是被王偉揚和郭正平抓住這件事當把柄，他們威脅董裕彰，如果不幫他們的忙，就要告訴老師他的祕密。他一點也不想跟著王偉揚和郭正平做壞事，還好我們解決了案件，所以他很感謝我們，他說他一直特別注意我們的動態，希望有一天能回報廁所幫。」聽萬千育說完，所有的人都十分驚訝。

「我的吊飾也是他撿到的嗎？」孫凱欣問。

萬千育點點頭說：「對呀！他原本想說把東西放遠一點，或許大家就不會懷疑『土魠魚羹的魔咒』是同班同學。」

「這就叫故布疑陣，真是狡猾！不過，還是被聰明的阿萬女王破解啦！」王益傑笑著說。

「我還有個問題，為什麼董裕彰要用『土魠魚羹的魔咒』當作自己的代號呢？」曾林偉問。

萬千育笑著說：「呵！董裕彰說，有一次他的弟弟趁他在睡覺時，拿筆在他的大腿上亂畫，還寫上『土魠魚羹、魔咒、超強』，害他隔天來學校上課時，被呂欣澤看到，一直取笑他。後來，他留字條時突然

我還有個問題，為什麼董裕彰要用「土魠魚羹的魔咒」當作自己的代號呢？

呵！董裕彰說，有一次他的弟弟趁他在睡覺時，拿筆在他的大腿上亂畫，還寫上「土魠魚羹、魔咒、超強」，害他隔天來學校上課時，被呂欣澤看到，一直取笑他。

後來，他留字條時突然想起這件事，就為自己取了「土魠魚羹的魔咒」這個代號，他想大家應該猜不出來。

想起這件事，就為自己取了『土魠魚羹的魔咒』這個代號，他想大家應該猜不出來。」

「哈哈！真有趣，我想以後我吃到土魠魚羹，一定會想起董裕彰。」鄭仁祥說。

「沒想到這次的事件有這麼曲折的原因呢！」游媄曼有感而發地說。

「董裕彰被祕轉，是因為被老師發現了他的祕密嗎？」胡翔志問。

萬千育聳聳肩膀說：「我也不清楚，不過往好處想，至少他和他的弟弟在舅舅家，有大人照顧，應該會比較好吧！」

「好吧！『土魠魚羹的魔咒』現在成了廁所幫少年偵探隊的祕密啦！」鄭仁祥說完，羅唯嘉拉著王昱偉在遠處大喊：「在討論『土魠魚羹的魔咒』嗎？等等我們，我們有新的線索！」。

上課鐘聲在此時響起，鄭仁祥對所有廁所幫的成員眨眨眼，大家有默契的相視而笑，把羅唯嘉和王昱偉拋在後頭，一起跑回教室。

國家圖書館出版品預行編目資料

廁所幫少年偵探：土魠魚羹魔咒事件
林佑儒作・姬淑賢繪. --
初版. -- 臺北市：小魯文化，2013.07
　面；公分. --（小魯行動俱樂部；AC08）

ISBN：978-986-211-374-5（平裝）

859.6　　　　　　　　　　102006768

小魯行動俱樂部

廁所幫少年偵探8：土魠魚羹魔咒事件

作　　　者：林佑儒
發　行　人：陳衛平
出　版　者：小魯文化事業股份有限公司
出版登記證：局版北市業字第543號
地　　　址：106 臺北市安居街6號12樓
電　　　話：（02）27320708（代表號）
傳　　　真：（02）27327455
網　　　址：www.tienwei.com.tw
E-mail address：service@tienwei.com.tw
Facebook 粉絲團／小魯粉絲團俱樂部
郵 政 劃 撥：18696791帳號
初　　　版：西元2013年7月
定　　　價：新臺幣220元

天衛文化／小魯文化 讀友回函卡

購買書名：

姓名： 性別：□男 □女

年齡： 出生日期： 年 月 日

住家電話： 行動電話：

地址：

E-mail：

職業：□學生，就讀學校

□教師，目前任教學校

□家長，目前從事

家中小孩數： 小孩年齡：

讀過這本書後，我覺得：□非常好看 □很好看 □好看 □普通

我覺得本書的價格：□合理 □偏高 □希望價格

我是在什麼地方知道這本書的？ □書店 □廣播節目 □報章雜誌

□親友、老師推薦 □電子報（電子報名稱） □小魯閱讀網

□小魯粉絲團 □小魯讀友雜誌 □其他：

我是在什麼地方買到這本書的？

□ （縣／市） 書店 □ 網路書店

□小魯讀友雜誌 □展覽會場 （請加填活動名稱）

我希望天衛／小魯出版哪一種主題的叢書：

我對天衛／小魯文化的建議是：

（請沿虛線剪下）

臺北市（106）安居街六號十二樓

電話：：02-27320708　傳真：：02-27327455

E-mail：：service@tienwei.com.tw

小魯閱讀網：：www.tienwei.com.tw

小魯粉絲團：：www.facebook.com/tienwei27320708

天衛文化／小魯文化　收

廣 告 回 信

北區郵政管理局登記證

北臺字３７８６號

免 貼 郵 票

姓名：

地址：

市

縣

鄉鎮

市區

路（街）

段　巷　弄　號　樓

（請沿虛線剪下）

2012.9

我雖然有點膽小害羞，
但是我也很注意各種細節，
凡是蒐集到的情報，我都會
交給我心目中最厲害的
阿萬女王！

胡翔志（胡子）

雖然凱欣說，女生
瘦一點比較好看，不過
，我覺得我白白胖胖
的也很可愛啊！

游媄曼（小曼）

我和小曼是形影
不離的好朋友，連
上廁所都要一起去，
沒想到有次竟然因此
被誤認是嫌疑犯！
真氣人！

孫凱欣

我是廁所幫的女王，
在遇到奇怪的事情時，
我一定要查個水落石出。
對我來說，證據最重要。

萬千齊（阿萬）

「廁所幫」這個名稱是我想的，又是我發起第一次的調查行動，所以幫主的大位當然非我莫屬啦！

鄭仁祥（鳳梨頭）

我頭很大，大家都叫我大頭傑，在廁所幫的成員裡，我最喜歡阿萬了，阿萬聰明可愛又有正義感，簡直就是我心目中的理想情……

王益傑（大頭傑）

我可以準確地倒數出上課鐘響的時間，讓廁所幫的成員不會因為忙著調查事件而耽誤了上課！

曾林偉

廁所幫風雲榜